KB144207

천천히 빛나고 있는 사랑하는 나의 딸에게

천천히 빛나고 있는 사랑하는 나의 딸에게

지은이 │ 손미숙
펴낸이 │ 一庚 張少任
펴낸곳 │ 답게
초판 인쇄 │ 2023년 5월 25일
초판 발행 │ 2023년 5월 30일
등 록 │ 1990년 2월 28일, 제 21-140호
주 소 │ 04975 서울특별시 광진구 천호대로 698 진달래빌딩 502호
전 화 │ (편집) 02)469-0464, 02)462-0464
       (영업) 02)463-0464, 02)498-0464
팩 스 │ 02) 498-0463
홈페이지 │ www.dapgae.co.kr
e-mail │ dapgae@gmail.com, dapgae@korea.com
ISBN 978-89-7574-359-7
ⓒ 2023, 손미숙

나답게·우리답게·책답게

모두 사랑이었으면.
사랑하는 내 딸들에게도.
사랑이 그리운 세상의 딸들에게도.

천천히 빛나고 있는
사랑하는
나의 딸에게

지은이 손미숙

도서
출판 답게

| 목차 |

프롤로그 : 나를 닮은 너에게 꼭 해주고 싶은 이야기 ··· 6

나를 닮은 너에게 꼭 해주고 싶은 이야기

엄마의 어릴 때 꿈은 선생님이 되는 거였어. 공부가 소원이었는데, 내 뜻과는 달리 많은 사람들의 머리를 다듬어 주는 재능을 주셨지. 덕분에 37년을 한결같이 미용만 했어. 우리 몸에서 가장 높이 있는 머리카락에 대해서라면 아마도 자부심이 넘치는 선생님일 거야.

'여자가 손끝이 야물면 사는 게 고달프다'
미용을 시작하고 직업에 매력을 느껴 갈 무렵에서야 떠도는 입소문이 내 귀에 들렸어. 그만큼 나는 세상 물정에 눈이 어두운 편이었단다. 하지만 남의 말인 듯 개의치 않고 열심히 기술을 배우고 익혔던 뚝심 있는 미용인이었어. 37년을 그리 살았던 내가 글을 쓰면서 왠지 은근슬쩍 '고달프다'는 말에 공감하게 되는 이 기분은 뭘까?

남의 머리를 자르고 손질하면서 겪었던 내 삶의 우여곡절이 정말 입소문에 준하는 타고난 재능 탓이었을까? 정말 손끝이 야물어서 겪는 고충이었다면 그 정도는 감내할 몫이라는 생각마저 드니 알다가도 모를 일이네.

지지난 겨울, 크리스마스가 오기 전부터 무작정 글쓰기를 시작했었어. 글 쓰는 작업은 미용을 배우는 과정만큼이나 내게 험난하더라. 시린 겨울처럼 가슴이 얼어붙어서 글은 안 되고, 고통스럽기만 했어.

"나는 글을 써야겠다"고 왜 다짐을 했을까? 날마다 후회를 했단다. 그 와중에 새봄이랑 함께 찾아온 대유행병 '오미크론' 바이러스와 사투를 벌였어. 글쓰기와 씨름을 하면서 시간을 밤낮으로 쥐어짜며 쓰던 나로서는 그나마 격리라는 천금같은 시간을 얻었기에 '초고'를 완성할 수 있었단다. 그 기쁨은 글을 써 본 사람만이 알 거야.

글을 쓰는 긴 여정에서 생명의 존엄함마저 깨달았으니 초고를 완성하고 나는 새롭게 태어난 셈이란다.

딸아!

더 늦기 전에 나를 꼭 닮은 너에게 꼭 해 주고 싶은 이야기보따리를 풀어 놓을 수 있어서 얼마나 감사한지 몰라.

내 가슴이 숯검댕이가 되었을지언정 숱한 시간이 허무하지 않기를 바랐고, 고비마다 지켜냈던 이유가 헛되지 않기를 바라는 마음이었어. 나 같은 시행착오를 겪지 않고, 지혜롭고 현명하게 살기를 바라는 마음에 나는 꼭 딸을 위해 책을 쓰고 싶었는지도 모르겠어.

속절없이 보내버린 젊음에 대한 미안함과 그럼에도 불구하고 잘 살아냈음에 대한 고마움도 담았단다. 친구에게 하소연하듯 늘어놓았어. 오로지 잘 살아주기를 바라는 간절함이 가득한 마음이었음을 고백한다.

큰딸이 대학 1학년, 작은딸은 고3이 되기 전. 상당히 중요한 시점이었는데, 15년 만에 우린 다시 가족이 되었었지. 물을 새도 없이 눌러앉아서 가족의 일원이 되고 말았으니 무슨 운명의 장난인지. 질긴 게 인연이라고, 무슨 수로 그 뜻을 내가 막을 수 있었겠니? 모질게 끊어 내지도 못하고 대가를 치러내느라 고생한 걸 생각하면 '가족'은 하늘이 낳은 것이 분명해. 나는 나대로, 딸은 딸대로, 속을 알 수 없는 남자 또한 마찬가지였겠지. 우리 모두의 가슴은 너덜너덜 찢기고 깨지고 피투성이가 되고 말았었지.

헤어져 있던 15년의 공백은 결코 짧은 게 아니었어. 다시 꿰어맞추느라 애먹은 시간이 그 증거란다. 중간에 낀 엄마의 나날은 차라리 남으로 사는 게 나을 뻔했어. 딸들을 위해 선택한 삶이라서 견뎠지, 참으로 가혹한 시간이더라.

사랑하는 두 딸이 내 곁을 떠나겠다고 독립을 선언한 지 벌써 6년이나 되었구나.

시집을 가는 것도 아니고, 직장이 멀어서도 아닌 너희들의 분가는 엄마에겐 날벼락이었어.

폭탄 선언에 염려하고 걱정했던 엄마의 마음을 너희가 알까?

너무 씩씩하게 잘 살고 있어서 엄마가 되려 서운했다면 이해할까?

아침마다 사과 한 쪽으로 너희를 깨우는 일이 행복이면서 더러는 언제까지 해야 하나 지긋지긋했는데, 더이상 귀찮은 일 안 해도 된다는데 왜 그리 서글프던지.

창신동 오르막에 너희가 살 곳을 계약하면서 달랑 계약금 35만원 결제하는 게 엄마가 해 줄 수 있는 전부라니 기가 막혔어.

"잔소리하려거든 오지 마"

차갑게 내치며 챙겨주는 엄마도 거부하고, 기회조차 주지 않던 냉담한 딸들이라서 야속하고 서럽더라.

너희가 내 품을 떠나고서야 제대로 된 생각이란 걸 해봤나 봐. 현실을 직시한 거지. 나를 지켜줄 사람이 아빠라는 것도 그 때 알았어. 너희는 성장을 핑계 삼아 훌쩍 떠나버릴 수 있지만,

부부는 달라. 서로 의지하고 딸들이 떠난 자리 채워주는 사이더라. 너희만 바라보는 나의 사랑은 지독한 혼자만의 사랑앓이였다는 걸 뒤늦게 알았어. 그래서 결심했지. 딸들을 위해 나를 위해 나의 짝사랑을 접어두기로 말야. 너희는 항상 멋지게 나를 성장시키더구나. 생각도 달리 먹게 하고 마음도 넉넉하게 쓰도록 했어.

홀로서기 하면서 그때 책을 만났어. 아주 깊이 있는 만남이었지. 책을 만나고 책 속에서 행복을 찾게 된 것도 다 너희들 덕분이란다. 읽다 보니 쓰게 되고, 쓰다 보니 남기고 싶고, 그래서 나는 사랑하는 딸을 위해 책을 쓰기로 했단다. 이런 기쁨을 안겨 줘서 고맙다.

도란도란 끼고 앉아서 해주고 싶었던 이야기가 참 많았어. 잔소리라고 치부해도 하고 싶었던 이야기란다. 너도 바쁘고 엄마는 더 바빠서 마주 보고 꼭 해주고 싶은 이야기를 해줄 수가 없어서 애가 탔어. 그래서 용기를 냈단다. 그나마 내가 혼자 잘하는 게 '일기 쓰기'더라, 일기를 쓰는 기분으로 편지를 보내는 마음으로 딸에게 남겨줄 책을 쓰기로 한 거야.

글을 쓰다가 내 설움에 꺼이꺼이 울분을 토하다가도, 철부지 딸들을 회상할 때는 미소가 저절로 났어. '인내'가 살길이라 여겼던 고비고비마다, 친정 부모님의 따스한 정신이 내 감성 밑바닥에 온통 깃들어 있음을 뒤늦게 알고 서러워서 하염없이 울었단다.

내 사랑하는 딸들에게 나의 영향이 그리도 오래 남을 줄 미리 알았더라면, 아빠와 더불어 살기를 진작 포기했어야 했나? 운명의 장난을 인정하고 함께 가는 지금의 삶이 옳은 것일까? 미련스러운 삶이 혼란스러워서 글마저 포기할 뻔한 위기도 몇 차례 있었단다.

"이 또한 내 인생이지"
끝내는 각오를 달리했어.
사랑하는 딸들에게 걸림이 없기를 바라며 용기를 저버리지 않았던 나의 뚝끼에 그저 감사할 뿐이란다.

딸아, 글을 쓰게 하고 나를 다시 태어나게 해 줘서 고마워.
나의 글이 촛불 하나 밝힐 수 있는 불씨가 된다면 얼마나 좋을까?
외로워서 덩그러니 혼자라고 느껴질 때, 우연히 먼데 계신 엄마가 그리워질 때, 엄마 품이 새록새록 생각날 때, 엄마 품속 같은 글이었으면 좋겠어.
펑펑 눈물이라도 쏟아버리고 싶을 때, 함께할 수 있다면 더 바랄 게 없겠어. 사랑하는 딸들이 세상에 많은 딸들이 덜 아파했으면 좋겠다.

모두 사랑이었으면.
사랑하는 내 딸들에게도.
사랑이 그리운 세상의 딸들에게도.

2023년 2월 어느 날 미용실에서 엄마가

손 미숙

1부.

너는 세상에서
가장 소중한
사람이란다

1. 딸아 너의 삶을 살아라

그 여자를 알려거든 그 엄마의 됨됨이를 보라고 했다.

- 아버지의 말씀 중에서 -

15년이었구나. 10년이면 강산이 변한댔지. 옛말이 무색한 요즘 세상엔 열두 번도 더 변했을 법한 긴 시간이었네. '참고 살면 몸의 사리 만든다'는 우스갯소리를 들을 만큼 미련을 떨고 살았어. 그러다 보니 딸들이 힘들어하는 줄도 몰랐어. 우리 엄마가 그랬던 것처럼 나도 그리 살면 되는 줄 알았단다. 앞뒤 계산도 않고 사는 엄마가 답답해 보였는지, 보다 못한 딸이 사나운 얼굴로 어느 날 쏘아붙이더라.

"딸은 엄마 팔자를 닮는다는데, 우리가 정말 엄마처럼 살면 엄마가 책임질 거야?"

큰딸이 아마 대학 2학년 때였을 거야. 다시 합쳐서 살기 시작하고, 1년도 채 안 돼서였지. 얼마나 오랜 시간 마음에 담고 있었을까? 딸이 무슨 생각을 하고 사는지 안중에도 없었으니 그런 말을 듣고도 남지.

딸아, 그래도 엄마 팔자를 닮는다는 말은 듣기 싫어. 지금도 비수처럼 가슴에 박혀있어. 내가 너희를 어떻게 키웠는데, 아무리 짜증 나서 하는 말이지만, 그런 원망을 들을 줄 몰랐어. 울먹이면서 나 또한 억울하다는 듯 딸에게 호소했었지.

"너는 아직 어려서 몰라"
"지금은 이해가 안 되겠지만, 다 너를 위해서야!"

딸아, 정말 그랬어. 너희가 결혼할 때, 나는 내 옆자리가 비어있는 것도 싫고, 아빠 아닌 다른 사람이 채우는 것도 싫어. 그래서 묵묵히 내 삶을 살겠다고 다짐한 거야. 그게 딸들에게 해 줄 수 있는 최선이라 여겼지. 딸이 엄마를 그런 마음으로 지켜보는지 생각도 못했단다.

딸아, 그리 살던 나도 내가 이해 안 될 때가 많았어. 그래서 오랜 시간 나 자신을 미워하고 자학하며 괴로워했단다. 긴 시간 넋이 나간 사람으로 살았어. 판단은 흐릿했고, 에너지는 완전히 방전상태였어. 빨간불이 깜빡이는 휴대폰 배터리를 생각해 봐.

불안불안 하기 짝이 없지? 그 지경에 놓여서 날마다 인생을 탓하고 살았단다. 결과는 뻔했겠지. 벗어날 기미는 안 보이고 제자리걸음만 주구장창 하고 있더라. 원하지도 않았던 희한한 삶에 발목이 잡혀 옴짝달싹도 못하고 허우적거리기만 했어. 장장 15년을 그랬단다.

종종 뉴스에 삶을 비관하고 극단적인 선택을 했다는 소식도 들리지? 그런데 나는 그럴 생각도 못했어. 오로지 너희를 지켜야한다는 생각밖에 없었단다. 아마도 그때는 내 뇌가 고장이 났었나 봐. 사람을 바꿔서 다른 삶을 선택했다는 소식 또한 내 성격에는 용납이 안되는 일이었어. 두 딸을 둔 엄마가 어딜 간들 행복할까? 죽는 날까지 옆에서 힘이 되어줘야지 하는 생각뿐이었어. 이런저런 유혹에 생각이 많아질 때면 툴툴 털고 오뚝이처럼 다시 일어섰단다.

'고생 끝에 낙이 온다.'

누가 이런 말을 만들었을까? 정말 쩅하고 해가 뜨기 시작했어. 내 인생에 볕이 들다니 선물 같았어. 눈물겹게 아름다운 시간이었단다. 길게 숨을 쉴 수도 있었고, 소리 내서 웃기도 했어. 보이는 모든 것들이 감사하고, 그저 미소를 짓게 되는 아주 평범한 날이었단다. 그런 날에 감사하다 보니, 이제는 옛 이야기하듯 딸들에게 글을 쓰게 되네.

나를 지켜 준 내 삶의 가장 고마운 딸아!

엄마는 요즘 딸들이랑 많은 얘기를 할 수 있어서 참 좋아. 특히 결혼에 대한 생각을 주고받을 때는 가슴이 설렌단다. 은근히 기준을 내세워 세대 차이를 느끼곤 하지만, 그런 딸들이 사랑스럽고 예쁘기만 하다. 눈에 넣어도 아프지 않다던 어른들의 말씀이 어느새 내 말이 될 줄이야, 세월 가는 게 무서워지려고 해.

"엄마! 아빠의 부재중을 뭐라고 말해야 돼?"
"그 부분을 빼면 말이 안 되는데, 정말 암담해. 무슨 말을 어떻게 해야 할지 모르겠어. 꼭 내가 죄인이 된 것 같단 말야. 거짓말을 할 수도 없고, 짜증 나."

새롭게 생긴 숙제를 풀어야 한다며 투덜대는 딸아!
어쩌면 결혼이라는 관문은 서울대 문턱보다 높을지도 몰라. 기준이 모두 주관적이라서 말야. 집집마다 풀어야 할 과제도 있고, 때로는 이해 못 할 난감하기 짝이 없는 상황도 있을 테지. 둘만의 만남인 줄 알지만, 집안과 집안의 만남이란다. 쉽기만 하겠니? 오죽하면 인륜지대사라 했을까?

우리의 가족사가 걸림이라니, 속마음을 솔직하게 말해줘서 고맙다. 그런데 너무 고민하지 마. 아무도 너의 삶을 대신 살아 주지 않아. 모두 자기들의 관점에서 훈계만 한단다. 주위의 다양한 견해들은 참고하되, 선택과 판단은 너의 기준대로 하면 돼. 결혼 문제뿐만 아니라 매사가 그래. 중심이 반듯하게 잡혀 있으면 결정하는데 혼란스럽지 않겠지? 많이 생각하고 충분히 고민했다면 주저하지 말고 선택한 대로 앞으로 나아가는 거야. 대신 결과는 너의 몫이니 책임을 다한다는 생각으로 살아야겠지? 원망은 부질없어. 또 주어지는 대로 살면 된단다. 그게 인생이야.

엄마가 결혼을 결정할 때는 피할 수 없는 '그 무엇'이 있다는 생각이 들더라. 인연을 넘어 필연이라고 여겼던 기억이 나네. 하늘이 맺어 준 사람이라면 어떻게 피하겠니? 운명인 거지.

'다름'을 인정할 줄 알았다면 그리 어렵지 않았을 텐데, 엄마는 다름을 인정할 줄 몰랐어. 사랑스러움도 지혜로움도 부족했어. 그래서인지 사는 내내 시행착오의 연속이었단다. 늘 선택의 기로에서 갈팡질팡, 할까 말까, 갈까 말까. 왜 그리도 주저하고 망설였던지. 내 주관도 없었고, 자신감도 바닥이었어. 상황을 분간하는 요령도 아예 없었단다. 시간이라는 공평한 룰이 있어서 그리 염려할 일도 아니었는데, 나이가 어려서 현명하지 못했었나 봐.

딸아, 살다 보면 가끔 너의 그릇을 테스트한다는 생각도 들 거야. 극복해야 할 위기가 불시에 찾아오기도 한단다. 그래도 크게 걱정하지 마. 그 또한 지나갈 테니까. 당면한 과제는 해결 해나갈수록 단단한 삶이 된단다. 결정은 언제나 마음이 시키는 대로 하는데, 능력을 초가해서 오만방자한 결정을 할 때는 각오 를 해야 할 거야. 시련과 고통이 따를 테니까. 하지만 아픈 만큼 성장한다 여기면 그 또한 동력이 되겠지? 자존감과 자만심은 엄청나게 차이가 있더라. 착각하면 안 된다.

너의 삶을 위한 과정이라면 욕심도 부려보고, 충분히 비교도 하고, 저울질도 맘껏 해 봐. 남의 눈치도 보지 말고, 너무 두려 워할 필요도 없어. 인연 따라 사는 거니까. 너를 믿어 봐.

오늘도 마음이 롤러코스터를 타고 있을,
인생 최대의 고민을 하고 있을 내 사랑하는 딸아!
아무도 너를 끌고 갈 수는 없어.
너의 삶을 살면 되는 거야.

2. 시간을 과거로 돌리지 마라. 오늘과 미래만 생각해도 짧다

시간의 걸음걸이에는 세 가지가 있다.
미래는 주저하면서 오고,
현재는 화살처럼 날아가고,
과거는 영원히 정지하고 있다.

- F.실러 -

'행복하게 살고 싶어?'
'괴롭게 살고 싶어?'

즉문즉설의 법륜 스님은 지난날이 후회된다면 자신의 행복을 점검하는 질문을 자주 해 보래. 그리고 행복하고 싶으면 옛날 생각을 안 하면 된다고 하네. 기억의 저장고에 과거라는 이름으로 시간이 정지되어 있다면 소중한 추억이며, 아픔까지 모두 다 떨쳐버리란다.

사람은 추억을 먹고 산다잖아? 생각하기도 싫은 기억이라면 몰라도, 아름다운 추억은 앨범처럼 간직하고 싶을 텐데, 버릴 수 있을까? 좋든 싫든 누구나 경험을 토대로 살아가기 마련이야. 보물 같은 추억을 모두 떨쳐버리라니, 후회와 미련으로 시간을 죽여서는 안 된다는 걸까? 습관처럼 시간을 과거로 돌려 어둠의 동굴을 파고 살았던 내게 하는 충고 같기도 하네. '아빠의 가방을 싸서 보내버리지 않았더라면….' 하고 자책하고 후회를 했거든.

"상습적으로 하는 외박 습관을 끊기 위한 최선의 방법이었어!"
"가족이라면 그래서는 안 되는 거잖아. 차라리 교육상 눈에 안 보이는 게 나아!"

합리화를 했다가 반성을 했다가, 오락가락 삶의 중심도 없이 내 선택과 판단을 의심하며 과거에 머물러 있었단다. 딸들에게 미안한 마음이 생기면 더 그랬어. 원망하고 후회하고 허구한 날 혼자 북 치고 장구 치고, 미래라고는 없었어. 의욕 상실에 피폐한 삶이었지.

시간을 과거로 돌리고 산다는 건 전신을 수렁 속에 처박고 사는 것과 같아. 생각이라곤 늘 진흙탕에서 허우적거리는 격이고, 몸은 만신창이가 되어 사람 꼴이 말이 아니란다. 정신을 차리기까지 시간이 필요해. 더 웃긴 건 계기가 있어야겠더라. 오래되어 자세히 기억은 안 나지만, 나도 한 줄 경험 이야기를 읽고, 정신이 번쩍 들었던 걸 보면 그래. 이야기인즉 두 사람이 수렁 속에 빠졌는데, 한 사람은 살아나오고 한 사람은 죽고 말았대. 어떻게 살아 나왔느냐는 질문에 목숨을 건진 사람이 한 대답이란다.

"신고 있던 신발을 벗어버렸어요. 신발을 신고 나오려고 발버둥을 칠 때는 계속 빠져드는데, 무서웠어요. 어느 순간 신발을 포기해 버리고 나니 쉽게 나올 수 있더라구요."

이토록 집착은 터무니없는 결과를 낳는단다.

나도 그랬어. 아빠를 내 인생의 동반자라 여기며 안간힘을 쓰고 살 때는 사는 게 사는 게 아니었어. 가방을 싸서 보내버리고 나서야 미친 듯이 날뛰던 감정이 정리가 되더라. 내가 선택한 내 앞에 놓인 현실이 보였어. 일을 하고, 두 딸을 키우고 먹고살아야 하는 현실 말야.

딸아! 살면서 후회가 왜 없겠니?

과거에 빠져 후회할 시간에 차라리 걸레라도 들고 바닥이라도 닦아야 된다. 활력은 찾을수록 생기더라. 몸은 땅하고 가까워서 멈추고 쉬면 눕고 싶어진단다. 하는 일 없이 일주일만 누워서 뒹굴면 근육이 빠지고 의욕은 바닥을 친다는구나. 슬픈 기억으로 답답할 때는 몸이라도 흔들어서 일어나야 한다. 그리고 노래라도 들어. 반드시 춤을 출 수 있을 만큼 신나는 노래를 들어야 해. 노랫말이 인생과도 같아서 신나고 즐거워야 충전이 된단다. 삶이 버거운데 슬픈 노래를 좋아하면 어려운 일이 계속되어 차라리 안 듣는 게 낫겠더라.

지난 일들은 내려놓고 다시 용기를 내는 거야. 매 순간 정신을 차리는 게 중요하단다. 아쉽고 후회스러운 과거로는 돌아가지 마라. 지옥 같던 시간도 금방 가버리더라.

열심히 일한 대가만큼 임금 협상이 안 되어 속상해하던 딸아! 아직도 뭐가 잘못된 건지 고민하고 과거의 너 안에 머물러 시간을 죽이고 있니? 그만두지 않을 거면 융통성 있게 생각을 바꾸는 쪽이 현명하지 않을까?

한 작가가 너의 '열심히'는 다른 직원에게도 너에게도 도움이 안 된다고 말하더라. 조직 사회는 일별도 필요하지만, 너무 까칠하면 이야기도 하기 싫다는구나. 간부라면 독불장군은 더더구나 안 된다니 새겨들으면 좋겠어. 후배들을 아우르고 동료들과 조화를 이루어야지 승진도 시켜준다네. 죽기 살기로 일하는 일벌이기보다는 여왕벌이 되어야 한대. 사내에서는 화법도 중요하단다. 회사의 경영 상태를 파악하고, 사원들의 정서를 파악하는 것은 결코 업무 외의 일이 아니라고, 30년 동안 직장을 다녔던 유인경 작가의 말도 귀담아들으면 좋겠네.

머리를 디자인하는 딸아!
머리를 하다보면 클레임도 생기고 다시 해야 할 때도 더러 있어. 복사기가 아닌 이상 지극히 정상적인 상황이란다. 그럴 때는 단단한 노하우가 생기려니 하고 다시 시도하면 되니까, 너무 속상해하지 마라.

"내가 머리 찍어내는 인쇄기냐?"

미용실에서 저런 말이 나올 거라고 상상이 안 되지? 하지만 정말 눈앞에서 벌어졌던 일이란다. 몇 번을 실랑이하던 끝에 결국은 고객님과 저렇게 사납게 다투던 어느 원장님도 있었어. 만약에 저런 경우가 생기더라도 인정하면 쉽게 풀리는 법이란다. 그래도 통하지 않을 경우에는 반대로 고객님의 의사를 되물으면 답이 쉽게 나올 거야.

잘잘못을 따지는 시간으로 인생을 낭비하지 마라. 성장을 위한 너의 미래만 생각해도 짧다.

3. 오늘이 모여서 내일이 된단다

의사나 약사가 때때로 건강에 대해 조언할 수는 있지만, 당신의 몸과 마음에 주의를 기울이고 친절하게 돌보는 일은 오직 당신만이 할 수 있다.

- 오늘부터 수승화강 -

아침에 머리를 감는데, 심장이 조여들어 불편함을 느낀 적이 있었어. 컨디션이 좋지 않았지만, 병원에 갈 정도는 아니어서 그냥 지나쳤지. 자주 거듭되는 증세에 덜컥 겁이 나더라. 심전도 검사, 혈액검사, 엑스레이 촬영 등 별별 검사를 다 해봐도 특별한 병명 없이 그저 스트레스라나 봐.

특이한 증세는 없지만 몸이 찌뿌둥하고 피로한 상태로 살아가고, 무기력하고 의욕이 없지만 허약 체질이려니 하고 안 좋은 상태로 익숙한 듯 일상을 보낸다. 하루아침에 질병이 생기지는 않는다. 어제까지만 해도 아무렇지 않았는데 갑자기 발병하는 경우는 거의 없다.

- 오늘부터 수승화강 -

몸에 든 병마저도 하루아침에 생긴 게 아니래. 오랜 시간 서서히 진행되며 만성질환이 되기까지 크고 작은 신호를 계속 보낸다네. 그렇다면 우리가 사는 세상 이치도 그렇지 않을까?

김연아 선수는 엉덩방아를 얼마나 찧고 빙판에 설 수 있었을까? 박태환 선수는 또 얼마나 물에서 많은 시간을 보냈을까? 딸이 즐겨 치던 피아노는 어땠는지 아니? 수개월을 배워도 겨우 '떴다 떴다 비행기'를 치는 수준이었어. 시간과 노력이 함께해야지, 하루아침에 뚝딱 얻어지는 게 아니더라.

어릴 때 읽었던 한석봉과 그의 어머니에 대한 설화를 기억하지?

내 기억엔 석봉이 엄마의 훈육법이 인상적이었어. 공부를 많이 해서 배울게 없다는 아들을 혼내는 대신 불을 끄고 떡 썰기와 글씨 쓰기를 해서 솜씨를 비교했다더구나. 불을 켜고 보니 어머니가 썬 떡은 크기나 두께가 모두 고른데, 석봉이의 글씨는 비뚤비뚤 모양도 크기도 제각각이었대. 결과를 보고 어머니의 가르침을 얻은 석봉이는 다시 열심히 공부해서 조선 최고의 명필가가 되었지.

그러고 보니 나도 미용실에서 석봉이 엄마를 흉내 내본 적이 있었나 봐. 머리를 다듬는 도중에 뜻하지 않게 정전이 되었지. 서로가 바빠서 마냥 기다릴 수가 없었어. 깜깜한 채로 머리를 다듬었지. 불이 켜지고 보니 기가 막히게 잘 된 거야. 고객님도 놀라고 나도 놀란 경우가 두세 번 있었단다. 석봉이 어머니의 경우도 아들 뒷바라지하느라 쉴 새 없이 떡을 썰었던 결과겠지? 나 역시도 37년의 세월이 모였기 때문에 가능했던 일이야.

내가 임영웅이라는 가수의 찐팬이라는 거 알지? 물론 노래도 잘하지만, 그보다 노력하는 모습이 더 예뻐서란다. 가사를 소화하려고 주구장창 연습을 한다니, 감성장인이라는 소리를 듣고도 남지. 유명한 가수도, 훌륭한 선수도 남달리 칭송을 받는 사람들에게는 박수를 아끼지 말아야겠어. 하루하루의 인내와 땀이 모여 얻어진 결과라니 오히려 존경심이 생긴다.

하루 만원! 쓰기도 바쁜데 모으라면 어떨까? 한때 1만 원의 꾸준함을 전하던, 전 메리츠 자산운용의 존 리 대표는 적은 돈이 모여야지 큰돈이 된다고, 노후준비에 관심이 있다면 즐겨 찾는 커피 값도 우습게 여기지 말라더라.

"남편이 매일 점심시간에 직원들과 테이크아웃 커피를 즐겨 마셔서 짜증나요."

두 아들을 둔 워킹맘의 하소연이란다. 개념 없는 남편이 밉고, 그 돈이 너무 아깝대. 여자는 즐길 줄 모르냐고, 억울하다고 눈물까지 글썽였어. 어찌나 알뜰해 보이던지. 만원의 가치를 알게 된 엄마가 100% 공감한다고 맞장구를 쳐줬단다,

'남이 장에 간다고 자기도 지게에 거름 지고 장에 간다'는 옛 속담도 있어. 친구 따라 강남 간다'는 말이 이래서 생겼나 봐. 분위기에 휩쓸려 생각 없이 지출을 한다면 낭비의 근원이 될 수 있으니, 작은 금액이라고 예사로 여기면 안 되겠더라.

수입의 40%는 세금 내고, 40%는 저축하고, 나머지 20%만 내가 쓸 수 있는 돈이란다. 벌어서 쓰지도 못하고 모으기부터 하고 남는 돈을 쪼개 쓰라니 욜로(YOLO)족은 코웃음 칠지도 모르겠네. 먹을 거 다 먹고, 쓸 거 다 쓰고 부자가 될 수 있다면 얼마나 좋을까?

"엄마는 돈 벌어서 다 뭐 했어?"

언젠가 딸이 물었지?
돈 번다고 펑펑 쓸 게 있었니? 돈이란 건 쓰기 나름이지 않니? 그래서 예전에는 어른들이 돈을 물 쓰듯 한다고 혼을 내기도 했어. 요즘은 물도 사서 먹고, 하수구에 버리는 물도 돈을 내

야하잖아. 물가가 올라서 물 쓰듯 할 돈이 없다면 지출할 때, 더 절제하지 않으면 늘 쫓기며 살지 몰라. 졸라매고 살았던 엄마도 돈 쓸 때는 쩔쩔매는 상황이 허다하더라.

흔히 부자들을 '짜다'고들 하잖아. 있는 사람이 더 한다는 말도 들었을 거야. 그게 다 부자들의 검소함이 몸에 배어 서라네. 부를 유지하려면 뭔가 다르겠지? 부모덕에 절제를 모르고 사는 사람을 보고 세상을 가늠하면 안 되겠어. 하루아침에 그저 하늘에서 돈이 왕창 떨어져서 부자가 된 줄 알았는데 그게 아니라네.

기술도 그렇지?

처음 머리를 만지던 때를 생각해 봐. 땀에 젖을 만큼 두려워했잖아. 빗과 손이 따로 놀던 때가 엊그제 같은데, 세월이 가고 꾸준히 노력하다 보니 월계동에서 머리 잘하는 헤어디자이너로 평을 받고 있어. 하루하루 너의 노력이 모여서 얻어낸 결과란다. 하루에 다 배워서 평생을 우려먹으면 좋겠지만, 기술을 익힐 때도 꾸준히 갈고닦는 길밖에 없어. 하루아침에 부자가 되지 않는 것처럼 기술도 시간이 가야 능숙해지는 거란다.

시간이 약이다

나무의 열매가 익어가기를 기다리는 이치와도 같아. 회피하는 말처럼 들리겠지만, 때로는 진리가 담긴 말이란다. 사람도 그랬고 일도 그랬어. 돈은 더할 나위 없겠지? 때가 다 있더구나. 조급함은 병을 낳는단다. 욕심을 내지 말라는 게 아니야. 지나친 욕심은 건강을 해친다는 거지. 때를 기다릴 줄 알아야 한다는 뜻이니 새겨들으면 좋겠어.

때를 기다리자니 막막해서 답답해 할 딸아!

생각보다 네가 기다리는 '때'는 훨씬 일찍 찾아올 수 있어. 준비가 되어있어야지 그렇지 않으면 기회란 놈은 눈이 달려서 주위를 맴돌다가 떠나버린단다. 모든 것들이 차곡차곡 쌓이면서 돈이 되고 노하우가 되고, 너의 멋진 인생이 만들어질 거야. 여유롭게 준비하고 흐름을 즐기면서 때를 기다릴 줄도 알아야 한다. 오늘이 모여서 내일이 되는 거니까.

4. 명확한 목표는 너에게 버팀목이 되어줄 거야

워런 버핏의 목표 관리 4단계
1단계. 이루고 싶은 25개 목록을 작성하라
2단계. 가장 중요한 5개 목표를 선정하라
3단계. 5개 목표의 실천 계획을 세워라
4단계. 나머지 20개는 관심을 두지 마라

- 유튜브 〈요점그리기〉 -

목표를 설정하지 않은 사람들은 목표를 설정한 사람들을 위해서 일하게 되어 있다.

이 말에 대해 딸은 어떻게 생각해? 뼈 때리는 이런 문구를 최근에 유튜브 영상에서 봤어. 목표가 있고 없고는 지시를 하느냐, 지시를 받느냐의 차원이라네. 뜨뜻미지근한 삶을 살고 있다면 무지함의 결과라고 지적하던데, 정말 그럴까?

살다 보면 본의 아니게 유혹의 순간들이 많이 있잖아. 쉬운 예로, 해외여행을 가려고 돈을 모으고 있다고 가정해 보면 되겠네. 와중에 어쩌다 쇼윈도우에 걸려있는 옷이 마음에 드는 거야. 유혹에 흔들릴 수 있겠지? 그럴 때 굴복하지 않는 힘을 키우려면, 여행 계획이 명확하고 뚜렷해야 된다는 말이지.

연초에 야심차게 세운 계획이 "올여름엔 유럽 여행을 5박 7일 다녀오자."라고 정확히 날짜까지 정했다면 애써 모은 돈을 훅 나가게 하지는 않겠지? 작은 목표도 명확해야 너에게 버팀목이 되어준다네.

목표는 자신과의 약속이고 삶의 기준이 되는 거래. 줄을 세울 때 기준을 중심으로 서잖아. 인생에도 명확한 목표를 꼭 세워야 하는 이유들이 있다고, 유튜브 〈요점그리기〉에서 그러던데 여기에 옮겨 볼게.

첫째, 두려움을 극복하는 힘이 생긴다.
둘째, 무슨 일이라도 최선을 다하게 하며 잡다한 생각에서 벗어나 전념할 수 있게 한다.
셋째, 삶에 대한 집중력이 좋아지고, 긍정적인 기분으로 에너지가 충만해지고 활기찬 삶으로 바뀐다.
넷째, 유혹에 절대 흔들리지 않으며 좌절도 막아준다.

딸아! 명확한 목표가 있으면 장점이 이렇게나 많다는구나. 명확한 목표 설정은 반드시 종이에 기록하래. 역시나 '적자생존'(적어야 산다)을 강조하네.

엄마는 〈3개의 소원 100일의 기적〉이라는 책을 읽고 나서 처음으로 종이에 목표를 적기 시작했어. 적기만 해도 기적이 일어난다고 해서 따라 해봤는데, 장난 같기도 하고 의외로 재미있더라. 진작 알았더라면 구체적으로 적으면서 살았을 텐데, 늦게라도 적용하고 살다 보니 인생의 방향이 또렷해져 가는 걸 느끼겠더라.

시간당 8억 원의 강연료를 받는 브라이언 트레이시는 누군가를 위해 딱 5분의 조언을 한다면 목표 설정부터 하란다. 그러고 나서 날마다 그 계획을 실천하기 위해 노력하라고 말하겠대. 그의 조언을 충실히 따르기만 하면 큰 도움이 될 거라고 확신하더라. 목표를 설정할 때는 아무런 한계가 없다고 상상을 하라네. 트레이시도 꿈의 목록은 반드시 종이에 적으라 했어. 100개의 목표를 종이에 작성하면 30일 안에 인생에서 엄청난 일이 벌어지기 시작할 거래. 상상조차 할 수 없는 빠른 속도로 꿈이 이루어질 거란다. 명확한 목표 설정은 깨어있는 내내 집중을 하게 한대. 구체적으로 작성하고, 객관적으로 측정이 가능해야 하며 양을 규정하는 것을 꼭 명심하라네. 최종 기한과 명확한 목표는 더 많은 것을 더 빨리 성취할 수 있다고, 자기 발전을 위해 목표를 평가하고 반성하란다.

브라이언 트레이시의 저서 〈목표 그 성취의 기술〉에 있는 하버드 MBA 과정 졸업생들을 대상으로 한 연구에서 나온 결과라는데, 좀 볼래?

졸업생 중 3%는 목표와 목표 달성을 위한 계획을 세워 기록했다. 13%는 목표가 있기는 했지만, 기록하지 않았다.

10년 후, 결과는 엄청났어. 목표가 있었던 13%는 목표가 없었던 84%의 졸업생들보다 평균 2배의 수입을 올리고 있었단다. 더 놀라운 건 목표를 기록해 두었던 3%의 학생들이야. 나머지 97%의 10배의 수입을 올리고 있었다니 대단하지? 목표 설정과 기록이 중요하다는 연구 결과에 과히 충격이었어.

딸아, 왜 모두가 목표를 세우라고 하는지 알겠지? 그것도 정확히 종이에 적으라 하고, 구체적으로 날짜까지 기재하라니, 목표가 있다면 우리 딸도 실천하면 좋겠네.

목적지 없이 출항하는 배가 있을까? 도착지와 착륙 시간 없이 비행기가 이륙하지는 않을 거야. 언젠가 시골에서 버스를 탔는데, 서울행 버스에 사람은 안 타고 물건만 실려 보내더라. 도

착 시간에 맞춰 물건을 찾으러 현지의 사람이 나온다는 거야. 때, 장소, 시간까지 명확해야 하는 이유란다. 정확히 기재해야 된다는 걸 좀 알겠니? 우리의 목표 설정도 마찬가지래. 명확한 목표는 너에게 버팀목이 되어준단다.

미용실을 독립하면 엄마가 도와줄 거냐고 묻는 딸아!
구체적인 계획도 없이 그저 엄마가 가게를 떡하니 오픈시켜 줄 거라고 믿고 있구나, 명확한 목표를 세우기부터 해라. 언제, 어디서, 누구랑, 어떻게 할 건지 정확한 목표가 있어야 후원을 하든 지원을 하든 하지 않겠니? 막연히 청담동을 꿈꾸는 시간에 몇 평 규모에 예산은 어느 정도를 잡고 있는지, 지금부터라도 구체적으로 적으면 좋겠구나.

시내 번화가의 미용실은 예나 지금이나 분주하고 화려하지. 반면 동네 미용실은 사랑방 같은 분위기란다. 이대 앞 대형 샵에서 스태프 시절을 보내던 엄마는 원장님과 단둘이 있는 친근한 동네 미용실로 옮겨야 했어. 갈 곳이 마땅찮아 외사촌 언니 자취방에 얹혀살았는데, 갑자기 언니가 시집을 가버린 거야. 정말 예기치 않게 숙식이 제공되는 미용실이 필요했어. 당시에도 먹여주고 재워주는 미용실이 동네에 더러 있었는데, 지금처럼 숙식 제공의 기숙사라고 생각하면 큰 오산이란다. 미용실 한쪽 구석에 잠만 자는 공간이었어. 종일 약 냄새에 찌들어있다가 외부의 공기를 맛보는 출퇴근 시간은 여러모로 해방감이었지. 그런 낙도 없이 24시간을 보냈으니, 동네 분위기도 답답하고 속이 터져나갈 지경이었단다.

어느 날 아침, 여느 때처럼 가게 앞 골목길을 쓸다가 답답한 생활을 청산하는 기발한 생각이 떠올랐어. 목표가 생겼단다. 4개월 만이었지 아마. 가게가 있는 2층 건물이 내 눈에 확 들어오는데, 작지만 제법 실속 있어 보이더라구. 그래서 선언했단다.

"그래, 떠날 수 없다면 이 건물을 사버리자!"

생각을 전환했을 뿐인데, 행복지수가 달라졌어. 같은 공간에 같은 사람들이었는데 그들을 대하는 태도가 바뀌더라. 그날 아침 번뜩이던 다짐이 오늘의 나를 있게 했을 거라 난 믿고 있어. 어떠한 경우에도 목표가 생기면 버텨낼 수 있는 힘이 생긴다는 걸 그때 알았어. 목표는 사람을 일으켜 세우기도 하더라. 하물며 그 목표가 구체적이고 명확하다면 얼마나 삶이 또렷해지겠니? 더군다나 워런 버핏의 목표 관리처럼 체계적이라면 이루지 못할 꿈이 없겠지.

딸아! 너에게 든든한 버팀목이 되어줄 목표는 반드시 세우고 살아라.

5. 나눔과 봉사는 인생을 만든다

너에게 두 손이 있는 이유는 너와 타인을 돕기 위해서다.
- 오드리 햅번 -

그 옛날 내가 태어날 무렵, 집을 새로 짓느라 마땅히 아기 낳을 방이 없어 고민이셨대. 전해오는 말에 의하면 새집에서의 출산은 금하라고 했다나 봐.

'헛간에서 낳아라.'

얼마나 고민이 되셨던지 꿈에 흰 수염의 할아버지가 나타나서는 쩌렁쩌렁한 목소리로 현몽을 하셨다는구나. 그 바람에 외할머니 출생지는 그만 헛간이 되고 말았어. 산파(탯줄을 자르고 뒷처리를 하는 사람) 일은 엄마의 할머니가 맡으셨다네. 할머니의 도움으로 그 험한 산도를 무사히 통과할 수 있었단다. 태어날 때 아무 도움 없이 혼자 쑥 태어난 사람은 아마 한 명도 없을 거야.

딸도 마찬가지였어. 첫 출산 때는 왜 그리 걱정이 되던지, 안전하다고 믿는 대학 병원을 택했었어. 좋은 의술의 많은 의료진들이 붙어서 딸의 탄생을 도왔단다. 출산을 하면서 세상은 서로 공생하도록 구성되어 있다는 걸 알았지. 불편함을 피하려고 서로서로 돕게 된 걸 거야.

"우리는 일함으로 생계를 유지하지만, 나눔으로 인생을 만들어간다."

이미 오래전에 했던 윈스턴 처칠의 말에서도 알 수 있듯이 도움 없이는 삶이 불가능하단다. 태어나면서부터 죽는 날까지, 그야말로 인생은 나눔과 봉사로 만들어진다 해도 과언이 아닐 거야.

'상대방에게 무언가를 받으면 빚으로 인식한다.'

〈설득의 심리학〉에 나와 있는 구절이야.

딸, 생일에 한아름 선물을 받고 천사처럼 좋아했었지? 그런데 친구 생일이 오면 어땠어? 몇 배는 더 많은 고민을 했지? 그게 그런 마음이라네. 비용을 들여서라도 답례를 하려고 애를 썼던 이유가 빚이라고 생각하기 때문이래. 나 역시 그랬는데, 빚에서 벗어나고자 하는 심리였다니 좀 멋쩍기도 하네.

심리학에서 보듯이 주고받는 마음은 불가분의 관계일지도 몰라. 누가 먼저랄 것도 없는 거지. 너무 부담스러워할 필요 없이 그냥 주고받으면 되지 않을까? 숨을 쉴 때 이유가 있어서 쉬는 게 아니듯이 그저 섭리려니 하는 거지.

인생을 만들어 가는 나눔과 봉사도 사랑받은 만큼 돌려주는 '감사의 의미'라고 쉽게 생각하면 어떨까? 성공을 거뒀는데, 혼자만 움켜쥔다고 생각해 봐, 성공이 무슨 소용 있겠어. 자랑만 하고 감사를 모른다면 우주가 노여워할지도 몰라. 세상에는 보이지 않는 눈이 있다더라.

딸아, 땅에 떨어져 있는 돈을 주워본 적 있니? 혹시 있었다면 어떤 기분이었어?

큰돈이 아닌데도 덥석 줍지 않고 주위를 살피지 않았니? 누가 볼까 무의식적으로 살피는 거란다. 눈에 보이는 것만이 다가 아니래. 세상에는 보는 눈이 또 있다는구나.

"하늘이 무섭지도 않니?"
"하늘이 내려다본다."

때에 따라 어른들은 보이지 않는 눈을 강조했어. 선한 행동은 풍기는 거라고 표현하는 걸 보면 꼭 나쁜 일에만 상기시켰던

게 아닌가 봐. 누가 보고 있지 않아도, 누가 알아주지 않아도 나눔과 봉사를 생활화하다 보면, 하늘은 스스로 돕는 자를 돕는다고도 했단다.

'아직은 쓰기도 바쁘다'고 투덜대던 딸아!
나눔이란 꼭 돈과 물질로만 하는 게 아니야. 가지고 있는 재능이면 충분하단다. 저마다의 재능이면 나눌 것이 넘쳐날 거야. 사람마다 타고난 소질을 달리 주신 뜻이 분명 있겠지? 하늘의 큰 뜻을 헤아리자면 끝이 없을지도 몰라.

곱게 머리를 해드렸는데, 가진 돈이 부족하다는 할머니가 계시면 그나마 감사히 받으렴. 술주정뱅이 아저씨가 머리만 다듬고 유유히 나가버린다면 봉사했다 생각해. 그랬던 사람도 시간이 지나고 정신을 차리면 돈 들고 나타나기도 하더라. 지나가던 행인이 500원짜리 수세미를 내밀며 5000원을 달라 해도 문전박대 말고, 수고비를 높이 계산했다 여기고 사보렴. 어처구니없게도 그 사람의 수완에 한 수 배우게 되더라.

내가 어릴 때, 외할아버지는 산골짜기에 생선 장수가 오면 단 한번을 그냥 보내지 않으셨어. 이고 다니는 수고로움을 덜어주셨단다. 나눔의 시작은 작은 마음을 내어주는 것이라고 몸소 보여주셨어. 좋은 일을 하면서 왼손이 한 일을 오른손이 모르게 할 이유도 없어. 책임감을 느끼는 차원에서 공치사도 때론 필요하단다.

서울시에서는 지역에 공헌한 소상공인에게 표창장을 수여하더라. 묵묵히 봉사하는 사람을 응원하는 차원이라나 봐. 몇 년 전, 엄마는 첫 해 대상자로 뽑혔어. 수십 년 동안 외로운 어르신들, 다문화 가족, 새터민, 다자녀 가족 등, 내 손이 필요하다면 작으나마 머리를 다듬어 드렸단다. 바쁠 때는 더러 짜증도 났었어. 그래선지 크게 칭찬을 받으니 책임감이 더 생기고, 나눔의 가치를 다시금 생각하게 됐어. 왼손이 한 일을 오른손이 알아야 한다는 생각도 그래서 생긴 거란다.

"내 부모도 못 챙기는데, 독거노인을 챙기라니 어불성설이죠?"
- "멀리 계시는 부모님은 그곳에 좋은 분들이 챙겨드려요. 따님은 여기서 돌려드리면 됩니다."

이렇게 꽉 막혔던 내 관념을 한 방에 날려버린 어느 복지사의 말이란다.

지난봄 코로나 확진으로 외할머니 생신에 찾아뵙지 못해 죄송했는데, 그곳 복지사님한테 꽃이며 케이크며 푸짐하게 축하를 받았다고, 좋아라 하셨어. 놀랍지 않니? 생각도 못 해본 일이었어. 돌고 도는 게 세상인심이라더니, 주고받는 마음이 시골에 계신 우리 부모님한테까지 전해지다니 얼마나 감사했는지 몰라. '봉사'라면 왠지 나와는 무관하다 여겼어, 복지사의 그 한마디에 생각을 달리할 줄이야.

딸아, 주고받는 건 아주 자연스러워. 수시로 마음 가는 대로 나눔을 실천해 보렴. 꾸준히 하다보면 보람도 있을 거야. 처음에는 보여주기 같아서 낯설게 느껴질 수도 있어. 그러면 좀 어떠니? 어차피 인생은 자화자찬하는 PR시대라잖아.

내 돈 주고 내가 산, 내 집에 대한 세금을 내고 살듯이, 지구를 이용한 사용료를 지불하면 어떨까?

엄마는 코로나 양성으로 격리되어 지내면서 지구가 아파하는 소리가 들리는 것 같았어. 먹다 남기는 건 예사지, 개념 없이 쓰레기를 버린 대가를 치른다는 생각이 들더라. 지구에 얹혀 사는 생명체라는 걸 잊고 고마움도 몰라. 사용료도 없지, 공짜라고 함부로 대한단다. 노여움이 극에 달했는지, 기세가 꺾일 기미는 안 보이고, 이제는 더불어 같이 살아가야 한다네. 이참에 성난 지구에게 사랑을 되돌려 주는 방법이 생기면 좋겠어.

왜, 꼭 그래야 하냐고 따지고 있을 딸아!

맘껏 숨을 들여 마셔보렴. 그다음은 어쩔래? 들이마시고 내보내지 않으면 호흡이 멈춰서 죽음을 맞이하게 된단다. 주고받는 마음도 멈추면 죽은 목숨이나 매한가지야. 받은 만큼 돌려주면서 살아야지. 우리가 받은 건 결코 적지 않아. 이미 충분히 많이 받고 있음을 숨을 쉬어 보면 알 수 있단다. 누가 시켜서 숨을 쉬는 게 아니야. 그냥 받은 거란다. 숨을 쉬듯 나누고 베풀기를 자연스럽게 하고 살면 인생이 아름답지 않을까?

6. 순간의 선택이 평생을 좌우한다

'순간의 선택이 10년을 좌우한다.'

1980년대 모 전자회사의 슬로건이었어. 지금도 생생하게 기억하는데, 문구가 주는 느낌이 아주 강력했어. 모두가 공감했을 거야. 순간의 선택이 인생을 좌우한다 해도 과언이 아니거든. 물건을 살 때도, 중요한 결정을 할 때도, 매 순간 선택이라는 숙제 때문에 기로에서 헤매게 된단다. 혼기를 앞둔 딸이 둘이나 있는 엄마는 요즘 자꾸 저 말에 결혼을 적용시키게 되네. 순간의 선택이 10년이 아니라 평생을 좌우한다는 생각 때문인가 봐.

'결혼은 해도 그만, 안 해도 그만', '결혼은 해도 후회, 안 해도 후회'

결혼에 대한 생각은 지극히 주관적이지. 특히 요즘은 비혼주

의도 많고 견해가 다양하더라.

혼자 보다는 둘이가 좋고, 딸을 얻어서 더 좋았던 엄마는 결혼을 적극 추천하는 사람 중의 한 사람이었지. 그런 얘기가 나올 때마다 다행히도 결혼에 대한 마음이 나름 확고한 딸이었어.

"엄마, 내가 결혼을 하고 싶은 건 아이를 낳기 위해서야"

애기를 예뻐해서 결혼을 해야겠다던 딸아!

엄마의 삶을 보고 자라서 결혼에 대한 부정적인 생각을 심어 줬으면 어쩌나 걱정했어. 요즘 분위기와 내 염려와는 다르게 결혼을 하겠다고 하니 정말 고마워. 두려움 없이 결혼을 선택한 너의 당당함이 엄마는 얼마나 뿌듯한지 몰라. 결혼도 해 본 사람이 말을 할 테지. 결혼도 안 해본 사람이 순간의 선택이 평생을 좌우하는지 어찌 알겠어.

'저 사람이 원래 저런 사람이었나?'

살아갈수록 화들짝 놀란단다. 30년을 살았건만, 쌓은 정은 어딜 가고 불평불만뿐일까? 정작 아는 게 별로 없어. 부부라는 이름으로 시간만 보냈다는 생각이 들면 괜히 아빠가 미워져.

건넌방 남자가 된 지 오래라서 그런지, 먹는 것도 낯설고 같이 걷기도 멋쩍어. 맞선보고 어색해서 딴짓하던 모습보다 더 서

먹하단다. 30년은 정말 숫자일 뿐인가 봐. 가끔은 얼굴 생김새가 떠오르지 않을 때도 있단다. 혼자가 되면 기억이나 날까 몰라.

"남자랑 같이 사는 자체가 힘들어요. 헤어지기 싫어서, 같이 있고 싶어서 결혼했는데, 왜 그런지 모르겠어요."

결혼 5년 차의 한 아이를 둔 엄마도 벌써 저런 말을 하더라. 왜 이런 모습이 되어 살고 있을까? 선택의 문제가 있었던 걸까? 어떤 선택을 해야지 후회를 최대한 줄일 수 있을까?

부부는 결혼식이라는 의식을 통해 한 곳을 바라보고 살기를 맹세하는 사이란다. 마주 보고 누워 자는 사이가 되는 거지. 단지 그것뿐이라면 차라리 쉬울 텐데. 재미있게 살면 그만이련만. 뭣이 그리도 팽팽하게 줄다리기를 하게 하는지 모르겠어. 세월이 빠르고 스트레스가 많아서 파뿌리는 금방 되었건만, 보이지 않는 마음은 늘 제자리걸음이니 알 수 없는 인생이란다.

'열 길 물속은 알아도 한 길 사람 속은 모른다.'더니 도무지 한 지붕 아래 사는 남자의 마음은 아직도 모르겠어. 도대체 뭐가 문제일까? 순간의 선택은 나름 탁월했다고 믿었어. 적어도 한때는 말야. 세월이 흐르고, 나이가 들어도 효력이 있을 줄 알았지. 그런 착각이 없었다면 혼자 살았겠지? 30년을 살고 보니 결혼을 선택한 내 선택에 대한 책임감 때문에 내내 노력하고 인내하며 살았구나 싶어.

"적어도 한 손바닥 개수만큼은 이성을 만나 봐라."

종종 엄마가 했던 말이잖아. 사람을 모르면 산전수전 공중전까지 겪는 아픔이 너무 크기 때문에 경험에서 해주고 싶었던 말이란다. 손바닥이 마주쳐야 소리도 나지. 다섯 명의 이성은 만나봐야 하는 이유란다. 인간관계도 그렇고, 마주하는 상대에 따라 그때그때 다르잖아. 사람은 누구를 만나느냐에 따라 말과 행동이 바뀐단다. 하물며 평생을 함께할 사람이라면 인생을 좌우하겠지?

고리타분하게 '나 때는 말야' 버전이 튀어나오네. 감히 상상도 못 한 일이었어. 여러 남자를 사귀어 봐야한다는 말이 나 때도 있었나 싶어. 심장이 반응하면 결혼하는 줄 알았어. 혼기를 놓치면 안 된다는 사회적 시각도 한몫했지. 금, 은, 동으로 나눠서 값을 매겼단다. 'ㅅ' 받침이 들어가는 스물여섯이 지나면 동값이라 하고, 그것도 지나면 올드 취급을 했어. 그래도 나 때는 좀 나은 거란다. 외할머니가 결혼할 때는 문구멍을 통해 남자를 봤대. 고개를 흔들지 않고 웃어 보이면 허락하는 뜻으로 알았단다. '홧병'의 정체가 의심되는 대목이더라.

남자 우월주의는 심각했어. 남자가 주방 근처를 얼씬거리면 거시기 떨어진다고 가르쳤거든. 우리들의 할머니가 주범이란다. 대부분의 우리 때 남자들은 그리 살았을 거야. 어쩌면 엄마들의 피해의식이 자리 잡은 이유가 아니었을까 싶어.

지난봄 격리 생활 중에도 챙겨주기는커녕 아빠 혼자 자기 배만 채우는 걸 보면 가르침이 무서운 거야. 어찌나 서럽고 야속하던지. 한길도 안 되어 보이는 저 사람 속을 버선 발목처럼 뒤집어 볼 수도 없으니, 발등 찍고 후회하기 전에 다양하게 좀 더 세세히 살펴봐야겠더라. 순간의 선택이 평생을 좌우하니까.

소소한 것에 상처를 받는 성격이라서 자상하고 배려심 있는 남자를 만나라.

인간관계가 다방면으로 많은 남자라면 애초에 너와 함께 하기를 포기하는 게 좋을 거다. 사업가라면 일에게 남자를 양보해야 할 테고, 오지랖 넓은 남자라면 세상 걱정하느라 집안을 챙길 마음의 여유가 없다는 걸 인정해야 해. 손에 물 안 묻히게 한다는 건 통상적인 남자의 거짓말이란다. 마음고생 안 시키겠다고 손가락 걸고 맹세라도 하면 상습적인 남자의 입버릇쯤으로 여겨야 서운하지 않을 거야.

'남아일언 중천금'이라, 남자의 한마디 말이 값지고 무겁다

했는데, '풍선껌' 불 듯 쉽게 내뱉고 마는 남자도 있다는 걸 꼭 명심해야 해. 제품 하나를 사도 비교하고 따져보고 분석하지? 배달 음식도 무턱대고 시키지 않더라. 리뷰부터 검색하는 게 너희들 방식이잖아. 남자를 선택할 때도 꼭 적용해라. 평생을 좌우한다.

"남자 잘 만나라."
- "걱정 마, 아빠보다는 나을 거니까."

당차게 너의 다짐을 내뱉던 딸아!
그래도 노파심에 꼭 말해주고 싶다. 남자를 선택하기 전 반드시 해야 할 일이 있어. 남자 앞에서 너는 어떤 여자인지, 어떨 때 행복한지 잘 살펴야 해. 선택의 기준이 달라질 테니, 너를 아는 게 우선이란다. 너를 모르고 상대를 선택한다면 이상을 쫓는 사춘기 소녀처럼 짝사랑만 하게 될 거야. 결혼을 할 때는 '남자가 더 좋아해야 이루어진다'는 말이 있었어. 살다 보면 여자 마음은 더욱더 중요하단다. 예전엔 여자가 결혼해서 실망하면 희망을 포기했다지만, 요즘은 실망하면 남자를 포기한다지?

딸아, 두루두루 남자를 만나야 하는 이유를 너도 잘 알겠지만, 그 다양함 속에서 진정한 너의 모습을 찾게 된다는 점에서 반드시 필요하단다. 여자는 남자하기 나름이라 성격도 변하고 말투까지 변해. 그러니 외롭다고 눈높이를 낮춰서도 안 돼. 소통이 원활해야 소화불량이 없단다. 4년 살고 돌싱이 됐다고, 자유를 자랑하던 남자분은 이혼 사유가 오페라를 자주 보자는데, 돈이 아까워서 도장을 찍었다더라. 지적 수준과 경제관념도 그만큼 많은 비중을 차지한다니 너의 생각과 비슷한지 살펴볼 문제야.

그 외에도 살아가는 데 필요한 선택의 기로에서 숙명처럼 맞서야 할 때가 자주 있지? 갈까 말까, 살까 말까, 말할까 말까, 줄까 말까, 먹을까 말까.(갈·살·말·줄·먹) 망설여지는 작은 선택을 두고서도 고민하게 되더라. 하고 나서 후회하지 않을 일이라면 반드시 하는 쪽을 선택하렴. 손해 볼 것 같지만 일단 하고 보는 거란다. 말은 안 하는 편이 현명할 테고, 배가 고픈데 먹을까 말까를 고민하지는 않을 거야.

사랑하는 딸아!
올바른 선택이란 없을 수도 있어. 다만 상황마다 다를 뿐이지. 작은 것일지라도 순간의 선택이 평생을 좌우한다는 사실만은 꼭 기억해야 돼.

7. 평범한 일상을 소중하게 여겨라

　하루는 아침, 점심, 저녁으로 구분되어 있어. 삼시세끼의 기준이기도 하지. 그리만 알고 살았는데, 하루를 더 쪼개고 나누어서 세분화하는 게 요즘 추세인가 보더라. 시간 단위는 물론이고 분 단위로 쪼개다니 다들 알차게도 사나 봐. 그리 빈틈없이 살면 소중한 하루를 어영부영 낭비는 안 하겠어.

　금쪽같은 딸아!
　시간은 금이란다. 평범한 일상을 소중히 여기면 금을 캐는 부자로 살 수 있겠어. 시간을 분 단위로 쪼개 쓰고, 새벽을 여는 사람이 있는가 하면, 밤을 대낮처럼 활용하는 사람도 있다지. 낮시간도 모자라 새벽에도 일어나라 하니 금을 캐고도 남겠네. 새벽형 인간이 세상을 리드한다며 미라클 모닝에 열광을 하더만, 그에 뒤질세라 저녁 시간이 유리한 사람은 올빼미 스타일의 장점을 자랑하며 일상을 버라이어티하게 보내더라. 게다가 데일리 리포트 쓰기를 생활화하는 사람들도 늘어나고 있다네.

금쪽같은 우리 딸은 어느 쪽이 편하니? 아침형 인간이면 어떻고 저녁형 인간이면 어때? 자신만의 스타일을 찾아서 현명하게 살아가면 되지. 하루 24시간은 공평하게 주어졌으니 사용하기 나름일 거야. 누구에게나 공평한 시간을 쪼개서 쓰든 나눠서 쓰든 평범한 일상을 소중하게 여긴다면 빛나는 삶이 되는 건 분명할 거다.

누구에게나 똑같이 주어진 24시간의 하루를 어떻게 보내면 좋을까? 학생은 책상 앞에서 열중을 하고 직장인은 맡은 바 업무에 충실하면 세상은 원만히 돌아갈까? 오늘이 가면 내일이 오겠지? 늘 그날이 그날 같아서 다람쥐 쳇바퀴 돈다고 지루함을 타박하고 있니? 그 평범한 일상은 역사가 되고, 사람들은 저마다의 나이테를 만들어가는 걸 거야.

미용실에 무작정 들이닥치는 아주 인상적인 손님이 있어. 오며 가며 만나 서로 의지하고 사는 사이라니까, 정상적인 부부는 아닌 거지. 거동이 불편한 두 분은 머리 다듬을 때 꼭 동반해서 오신단다. 복도에서부터 요란한 게 '왔구나' 싶을 만큼 걸걸하고, 예의라고는 안중에도 없어. 언행이 절제되지 않아 눈살이 찌푸려지게 하는 사람도 서로 챙기고 위하는 모습은 아름답더라.

싸우는 듯한 두 분을 보고 있자니, 지난 십여 년간의 우리 부부의 모습을 보는 듯했어. 다시 만나 살면서 감사하기는커녕 탓하기가 일쑤였고, 거의 매일이 앙숙이었지. 15일 겪은 일인 양, 지난 15년 세월을 하루아침에 퉁치자는데 그게 쉬운 일이었겠니? 내 심장은 억울하다고 소리쳤어. 자꾸만 불쑥불쑥 울화가 치밀어 올랐단다. 그러니 별수 없이 원초적으로 해결할 수밖에. 목소리는 날카로워지고 표정은 사납게 변해갔지.

여전히 계속되는 과음에다 언행은 괴팍하고, 자중이라는 걸 모르는 아빠의 당당함이 미워서 죽을 지경이었어. 날마다 실랑이를 벌였으니 살얼음판 같았겠지. 정말 물어뜯고 할퀴려고 다시 합쳤나 싶어 후회도 했었단다. 무엇보다 견디기 힘들었던 건 딸들과의 관계에서 생기는 불화였어. 투명인간 취급한다고 아빠는 힘들어했어. 자식을 저렇게 키워놨다고 화살이 내게 튀었으니 말도 안 되는 어거지였지. 그런 엄마의 모습이 한심해 보였던지 어느 날 딸이 내게 묻더라.

"엄마, 그렇게 매일 싸울 거면서 아빠는 왜 받아줬어?"

그러게 말이야. 홀가분하게 혼자 살지 왜 받아주고선 앙숙인 걸까? 뜬금없는 딸의 물음에 무안하고 낯 뜨겁고 정말 창피했어. 그 순간 오히려 '행복이 별건가?' 싶더라. 일상이 그리워서 숨을 쉴 수가 없었거든. 그때 했던 엄마의 대답이란다.

"딸아, 싸울 대상이 있다는 게 얼마나 큰 행복인지 아니?"

자식은 무조건 주어야 할 대상이지 싸워서 스트레스를 해소할 상대는 아니란다. 돌아보니 자식을 키우는 무거운 책임감이 외사랑이라 미안했어. 가정을 지켜야 한다는 부담감은 늘 내 가슴을 짓눌렀어. 그런 하소연을 딸들에게 어떻게 할 수 있었겠니?

딸아!
애들은 싸우면서 자란다지? 보기에는 사나워도 어른들은 싸우면서 사랑을 확인한단다. 그래서 그 속에서도 살을 부비며 살아가지. '부부싸움은 칼로 물 베기'라는 말도 그래서 나온 걸 거야.

"언제까지 일을 할 수 있으려나?"

여든넷의 연세로 정말 많은 일을 해내시는 시골 외할아버지께서 아침마다 들에 가시면 일을 못 하게 될까 봐, 애통해서 하시는 말씀이란다. 하루하루가 귀해서 눈물을 훔치고 일을 하신다니 가슴이 저린다. 움직일 수 있을 때까지 하실 거라며 일을 멈추지 않으셔. 인생을 모르는 우리는 젊어서 벌고 조기 은퇴를 꿈꾸지만, 나이가 들면 생각이 바뀌나 보더라.

살날이 많지 않은 어르신들의 일상은 아까울 만큼 소중해서 눈물이 다 나신대.

눈이 부시게 푸르른 날을 사는 딸아!

반찬도 여러 가지 두고 먹으면 맛이 좋듯이 삶도 지루하지 않게 다양하게 경험하며 살아야겠더라. 요즘은 평생직장이라는 개념도 없어진 지 오래라지. 죽을힘을 다해 살아야 할 일이란 없을 테니, 평범한 일상을 소중하게 여기고 살아라.

8. 부족하면 부족한 대로

'너의 시작은 미약하나 훗날은 창대하리라.'

어디를 가든 종종 만나는 문구지. 엄마는 성경에 대해 잘 모르지만, 시작이 미약할 때 위로가 되어주는 말이라서 자주 쓰게 되더라. 처음에는 누구나 생각처럼 창대하게 시작하기란 쉽지 않아. 부족한 대로 시작하는 거지. '젊어서 고생은 사서 하라.' 했던 옛말을 하면 요즘 세상에 몰매 맞을 일일까?

엄마가 처음 미용실을 오픈할 때는 정말 많이 부족했어. 돈이 없는 건 물론이고, 세상 물정도 몰랐지. 산골 소녀가 상경한지 4년 만에 미용실을 차리다니 대단한 모험이었지. 오픈하는데 들었던 800만 원이면 그 시절 허름한 집 한 채는 샀을 거야. 벌어 놓은 돈도 없는데, 기회는 왜 그리 빨리 찾아오던지. 내게 온 기회를 놓치기 아까워서 부모님께 도움을 받고 종암동 어느 골목에서 새내기 미용실 원장이 되었단다. 겨우 스물다섯 나이였어.

시골 출신이 어떻게 그리 빠른 성장을 할 수 있었냐고? 부족한 대로 시작했기 때문이지. 많이 부족했었어. 나에게 있었던 건 젊음과 할 수 있다는 각오와 신념뿐이었단다. 기술은 또 얼마나 부족했던지, 손님 뒤에서 바들바들 떠느라 말도 잘 못했단다. 걸핏하면 손가락을 베어서 피를 봐야했어. 쫄아서 손님이 무슨 말을 했는지 기억도 못할 정도였어. 처음엔 거울도 잘 볼 줄 몰랐단다. 부족한 대로 시작하고 보니 돈을 벌게 되고, 기술은 늘어가더구나. 시작만 해도 점점 배짱이 두둑해졌어. 기회가 눈앞에 왔는데, 준비를 핑계 삼아 시작도 못하고 있다면 일단 시작해라. 부족한 대로 시작하면 얻어지는 게 쏠쏠할 거야.

직접 내 일을 하니까 세상을 보는 눈도 달라지더라. 주인의식이 생기면 생각의 크기도 달라져. 어떻게든 움직여야 성장을 하지. 엄마가 좀 남달리 보수적인 면이 있다면 어린 나이에 세상을 일찍 겪어서란다. 집 문제도 그렇더라. 전세로 살 때는 집값이 오르면 짜증부터 났는데, 작은 집이라도 내 집 마련이 되고 나니 뉴스를 보는 관점이 달라졌어. '고기도 먹어 본 사람이 맛을 안다.' 했어. 하고 싶은 게 있으면 부족한 대로 시작해 봐. 많은 것이 다르게 보인다는 걸 깨닫게 될 거야.

중매로 결혼한 신혼 생활도 마찬가지였단다. 가진 게 워낙 없던 남자라서 친정 부모님도 속여야 했어. 신혼집이 보증금 200만 원에 월 12만 원 셋방살이였으니, 아셨다면 가당키나 했겠니? 사랑과 믿음을 담보로 시작했단다. 젊어서 두려움도 없었나 봐. 간이 배 밖으로 나왔던 거지. 부족하고 초라한 시작이었지만, 마음은 행복한 부자였어. 주인집 끝자락에 붙어있는 단칸방에도 사랑은 피어났어. 그래도 조그맣게 주방이라도 있었으니 대단한 혜택이었지. 그 시절은 대부분 신혼 시절을 그리 시작했을 거야. 연탄 아궁이에 불이 꺼져서 오들오들 떠는 날엔 사랑으로 데워가며 지냈던 추억 어린 경험이었지. 화장실은 당연히 공동 사용이었어. 출근하느라 사용할 일이 거의 없었지만, 똥세는 인당 계산하는 규칙이 있었단다.

주인집 딸 방이랑 붙어있어서 사랑을 할 때는 그 두꺼운 목화솜 이불을 덮어쓰고 낄낄댔어. 죄 없이 텔레비전 볼륨도 많이 높였어. 옆방 아가씨가 많이 불편했을지도 모르겠다만, 신혼 때라 보이는 게 없었단다. 지금 같으면 어림도 없는 일을 그때는 겁 없이 시작했어. 그렇게라도 시작했으니 딸도 낳고 어른이 되더구나. 시작이라도 했으니 결과가 생긴 거란다.

부족하면 부족한 대로 시작해 보는 거야. 가다 보면 방법이 생겨. 물론 시작이 미약하여 창대해지기까지 너무 많은 시간이 걸리긴 했지만, 좀 천천히 가면 어떠니? 길고 긴 여정인데, 빨리 가서 뭐 하겠어. 천천히 알아가며 만들어가면 되지 않겠니?

"사람은 적당히 빚이 있어야지, 게으름 피우지 않고 열심히 사는 거다."

너희 외할아버지께서 젊어 고생하던 시절에 지치고 힘들 때면, 스스로 용기를 내시느라 저런 말을 종종 하셨었나 봐. 우리 4남매를 키우시면서도 지렛대를 삼아야지 부자가 된다고 교훈을 주셨어. 아무리 버거워도 다 해내고 사는 걸 보면, 외할아버지 말씀대로 적당한 빚은 원동력이 되는게 맞아.

느리지만 멈추지 않고 꾸준히 전진했던 거북이의 승리담을 생각해 보렴. 결국엔 골인 지점에 도달하지 않았니? 그것도 재빠른 토끼를 이겼단다. 부족한 대로 시작하고 보는 거야. 시작이 반이라잖아.

'나는 젊었거늘 서서가면 어떠리.'

아주 오래전의 전철 안에 붙어있던 문구였어. 한때는 어르신들과 노약자에게 자리 양보가 미덕이라고, 젊음을 내세워 자리 양보를 대놓고 권했었단다.

'나는 젊었거늘 좀 부족하면 어떠리.'

엄마는 딸에게 부족한 걸 지렛대 삼으라고 노골적으로 말해주고 싶어. 가난은 불편할 뿐 죄가 아니라고 했어. 아버지의 아버지부터 부자였던 사람이 얼마나 되겠니?

'공부를 하는 진정한 목적은 부모로부터 경제적 독립을 하는 것이다.'

언젠가 잡지책 코너에 조그맣게 적혀있는 글을 보고 충격을 받았던 말이야. 부모의 잔소리가 싫으면 하루빨리 경제적 독립을 해야 할 텐데, 어른이 되면서도 쉽지 않은가 보더라. 안타깝게도 부모 마음이 다 그런가 봐. 무리해서 아들 결혼을 시키는 친구들을 봤어. 부담을 안고 보내고 나면 뒷수습하느라, 고생할 친구가 안쓰러워서 한마디 덧붙였단다.

"우리는 화장실도 없는 집에서 살았는데, 귀한 자식들은 명품 침대가 아니면 잠을 못 잔대? 꼭 뛰어다닐 만큼 넓은 평수의 아파트를 해 줘야 폼나게 산다니?"
"부모는 수십 년을 그대로 작은 평수에 살게 하면서, 단둘이 살 걸 누구에게 자랑하려고, 그리 넓은 집이 필요하대?"

걱정 아닌 걱정을 늘어놨더니, 돌아온 대답은

'너도 딸 시집보내 봐'

그리고선 혹시를 대비해서 부부공동 명의로 계약을 한다더라. 시작도 하기 전에 끝낼 걸 염두에 두다니 그리도 쉽게 변심하는 게 아닌지. 세금 문제도 있다지만 편리함이 깔려있다니, 고생해서 보내는 친구 마음이 그저 내일 같아 기가 막힐 노릇이더라.

없으면 없는 대로

조금 없이 살고, 부족하게 살고,
불편하게 사는 것이 미덕입니다.
자꾸만 꽉 채우고 살려고 하지 말고
반쯤 비운 채로 살아볼 수도 있어야겠습니다.

자꾸 채우려고 하니 비웠을 때
오는 행복을 못 느껴봐서 그렇지
없이 살고, 부족한 대로,
불편한 대로 살면
그 속에 더 큰 행복이 있음을

알 수 있을 것입니다.

〈어디선가 들리는 소리〉 정성 담은 글, 유튜브

비우고 살기엔 아직 너무 젊어서 귓등으로도 안 들을 딸아!
엄마는 사랑하는 딸을 위해 조금 부족한 대로 시작하라고 말하고 싶은데 반감이 생길까? 조급하게 서두르다가 지쳐버릴까봐 염려되어 하는 말이란다. 부족하게 시작했다고 초라하게 여길 필요도 없어. 젊음이 있잖아!

9. 행복의 열쇠는 바로 지금 네 안에 있단다

헌법은 행복을 추구할 권리를 국민에게 부여한다.
그러나 행복을 낚아채는 건 당신 몫이다.

- 벤자민 플랭클린 -

도대체 행복이 뭘까? 행복이 뭐길래 내 안에 열쇠가 있다는 걸까? 딸아, 행복이 뭐라고 생각하니? 네가 생각하는 행복은 어떤 거니?

양희은이라는 가수가 유튜브에 노래를 올렸는데, 제목이 눈에 띄어 들어봤어.
'엄마가 딸에게'라는 노래였는데, 심금을 울리더라. 노랫말이 어쩜 그리도 내 마음이랑 똑같은지 엉엉 울면서 듣고 또 들었어.

'네가 행복해지기를 원하는 마음에 내 가슴 속을 뒤져 할 말을 찾지.'

이 구절에서 눈물이 왈칵 쏟아지더라. 엄마 속을 대신해 주는 기분이었어. 처음 해보는 엄마 노릇이라서 강요하면 행복이 생기는 줄 알았거든.

'공부해라.', '성실해라.'

한 소절 한 소절에서 세상의 엄마 마음은 다 똑같다는 걸 알았어.

나 역시 딸이 공부를 잘해서 명문대를 들어가면 마냥 행복할 줄 알았거든. 생각보다 밝은 모습은 아주 잠깐이더라. 입학하고 채 두 달도 되지 않았었나 봐. 너의 얼굴은 살아있는 사람의 모습이 아니게 변해갔어. 차라리 늦잠 잔다고 잔소리를 할 때가 훨씬 내 마음도 편했단다. 대학만 가면 즐기면서 원하는 대로 사는 줄 알았어. 흔히 엄마들은 쉽게 말하거든.

"대학 가서 놀아."
"지금은 딴생각 말고 공부만 해라."

엄마도 딸이 공부만 잘하면 행복이 넝쿨째 굴러 들어오는 줄 알았어. 입학하고 밤새워 과제하느라 딸에게 집은 옷 갈아입는 곳으로 전락했지. 얼굴의 화색이라곤 찾아볼 수가 없었어. 꽃이 피고 지는 지 관심도 없이 살더구나. 딸에게는 전혀 상관없는 세상처럼 대학 5년을 보냈으니 사람이라고 할 수 있는 몰골이 아니었단다. 그리 살고자 공부한 게 아니었을 텐데. 행복은 성적순이 아니라더니 공부만 하는 너를 볼 때마다 실감하는 말이었어.

딸아! 그리 빡세게 공부만 하고 살면 험한 세상 사랑하며 살 수 있을까?
네 안에 있다는 행복을 찾아낼 수 있을까? 너의 삶을 살라고 노래를 하지만 뾰족한 수가 없어서 안타까울 뿐이다.

행복의 열쇠를 지니고 사는 딸아!
그래도 행복은 네 안에 있다니 천만다행이야. 마음먹기 나름 아니겠니?
코로나에 감염되고 보니 사는 거 별거 아니더라. 기를 쓰고 아등바등하다가 바이러스가 침범하니 꼼짝없이 주저앉고 말았어. 두문불출하고 보니 두 다리로 활기차게 다닐 수만 있어도 행복한 거더라. 너희는 젊었으니까 건강해서 공부할 수 있는 거지 엄마는 어림없어.

딸아, 행복에도 조건이 있다더라. 첫째는 마음이 편해야 된대. 돈이 많아도 마음이 편하지 않다면 없는 것만 못하겠지. 부귀영화도 아니요, 젊은 나이에 뭘 대단하게 이뤄낸 입신양명의 삶도 행복의 조건이 아니란다. 많이 있다고 하루에 다섯 끼를 먹는 것도 아니니 일리는 있지. 금붙이를 칭칭 두르고 다닌다고 황금 변을 보는 것도 아니잖아. 잘 먹고 건강하면 황금 변이 술술 나오는 것을.

다음으로 중요하게 여기는 행복의 조건은 주변 사람들과 원만한 관계를 이루고 사는 거래. 다들 혼자가 좋다는데, 요즘 같은 초대박 이기적인 세상에 원만하게 살라니 행복의 조건도 만만하지 않구나.

우리 딸, 마음은 편안하니? 그리고 주위의 관계는 원만하니? 편안하고 원만하다면 행복하겠구나.

진짜 행복한지 아닌지, 네 마음을 자세히 들여다보렴. 만족한 삶을 살고 있는지, 그로 인해 진정으로 행복한 사람이 되는데 필요한 것이 무엇인지 내면을 들여다보는 눈이 있어야 한대. 네가 어떤 사람인지도 모르면서 행복한지를 어떻게 알겠어? 무엇을 불편하게 여기는지, 인생에서 중요한 게 무엇인지 가치관도 살필 줄 알아야 한단다.

그런 면에서 고맙게도 우리는 찾아오는 다양한 고객님을 통해서도 많은 것을 보고 배우고 있지? 부부 사이가 아름다우면 닮고 싶고, 아이랑 대화를 잘하는 부모를 보면 눈높이 교육의 중요성을 배우지. 오순도순 정답게 지내는 이웃 간에도 사랑이 있었어. 주변의 평범한 모습을 보고 나를 돌아보는 것도 행복이었어. 모든 게 배움을 주다니, 행복은 가까이 있었네. 그중에서 벤자민 플랭클린의 말처럼 행복을 낚아채는 건 너의 몫이란다.

　　엄마에게 행복은 뭐냐고 묻고 싶지?
　　'순간순간 찾아드는 기쁨'이 엄마에게는 행복이었어. 마음먹기 나름이었던 거지. 두 딸이 싸우면서도 화해할 줄 알고, 친구처럼 의지하고 자랄 때는 눈물나게 행복했어. 매번 달랑달랑하는 통장 잔고는 피가 말랐지만, 12년 공부한 결과를 안겨줄 때는 두 딸이 나를 살고 싶게 했단다. 아빠 없이도 기죽지 않고 뭐든 잘 해내고, 잘 자라줄 때마다 감사해서 목이 메일 때가 한두 번이 아니었어. 집을 장만할 때가 그리 행복했을까? 돌이켜보지만, 딸들이 주는 행복이야말로 고생 끝에 낙이 온다는 말을 실감할 만큼 기쁨이 컸던 순간들이었어.

　　행복을 느끼니까 꿈도 생기더라. 용기를 주는 '희망 전도사'의 꿈이 그래서 생긴 거야. 행복을 전하고 살면 얼마나 좋을까? 상상만 해도 가슴이 두근거리는 걸 보면 정말 내 안에 행복이 있는 게 분명해.

　너의 삶을 통해 사는 의미를 찾고 행복을 찾아보렴. 행복은 순
간순간 스치는 거더라. 스스로 만들어가는 행복이야말로 기쁨이
배가 될 거야. 그 행복을 주위에 나누어 줄 수 있다면 더 많은 사
람이 행복하겠지? 행복은 바이러스처럼 주변에 전염된단다. 네
안에 있는 열쇠로 닫힌 문을 열어 행복을 나누며 살아라.

10. 너는 세상에서 가장 소중한 사람이란다

삶은 자기 자신을 찾는 여정이 아니라
자기 자신을 만드는 과정이다.

- 조지 버나드 쇼 -

예쁜 딸!
너는 세상에서 가장 소중한 사람이야. 네가 있어야 엄마도
있고 가족도 있고 친구도 있는 거란다. 그 누구도 너를 대신할
수는 없어. 설혹 엄마일지라도, 사랑하는 남자일지라도 변할 수
없는 진리야. 어떠한 경우라 해도 그것을 잊어서는 안 된다. 언
제 어디서나 세상에서 가장 소중한 사람은 너 자신이라는 사실
을 꼭 기억해야 돼.

"내년 봄에 종자로 쓸 씨앗은 남겨 놓는 법이다."

사람을 만남에 있어 명심할 점이라고, 농사밖에 모르시던 너

희 외할아버지가 강조하셨던 말인데, 딸에게도 꼭 해주고 싶어서 옮겨 본다. 품종 개량으로 지금은 달라졌지만, 내가 자랄 때, 자급자족하던 시골에는 반드시 다음에 쓸 종자 씨를 남겨야 했어. 그래야 이듬해 봄이 오면 싹을 틔우고 다시 농사를 지을 수 있었단다. 그리 살아야 할 농부가 계획 없이 종자로 쓸 씨앗도 남기지 않고, 다 먹어 치워버린다면 그보다 더한 어리석음은 없다고 삶의 지혜를 주셨단다. 사람 사이에 마음을 쓸 때도 이처럼 종자 씨를 남기듯 해야 한다고 가르치셨어. 마음을 다 퍼주고 후회하지 말라는 말씀을 농사에 빗대어 각인시켜주셨으니 참 의미가 남달랐지.

인연이 다 되어 헤어진 후에 울고불고, 죽니 사니 소동을 벌이면 무슨 소용 있을까? 사랑한다는 이유로 하늘과의 인연이 끝난 사람을 따라갈 수 있는 사람이 과연 있을까? 자신의 소중함을 우선으로 삼으라는 말은 새겨들어야 할 최고의 덕목이지 싶다.

어떻게 네가 나한테 그럴 수 있어?

친구 사이에도 뒤통수를 쳤다느니 하는 원망 섞인 말도 나를 우선으로 두면 쉽게 할 수 없는 말들이지. 세상에 그 누구도 타인을 위해 모든 걸 다 바치라고 강요하지 않았어. 아낌없이 주고 아낌없이 사랑하되 바보처럼 후회하지 않을 만큼만 하면 되는 거야. 상대의 정도에 따라 마음도 주고받아야지 서로가 편하다는 생각인데, 우리 딸은 어떻게 생각하니?

"사람 인 자가 달리 두 개를 지탱하게 만들었겠나? 하나가 떠나고 없으니 혼자 서서 걸어다니기도 힘이 들다네."

최근에 어느 할머니 손님이 할아버지를 하늘나라로 먼저 보내셨다고, 눈시울을 붉히면서 하셨던 말이야. 상실감이 말로 표현할 수가 없으시다며, 따라가지도 못하고 사는 게 고통이라는데 남일 같지 않아서 마음이 짠하더라.

내 경우엔 전혀 다른 상황이었지만, 엄마도 갑자기 혼자가 되고 많은 시간을 허우적거렸던 기억이 났어. 처음엔 아빠가 준 배신감 때문에 억울하기만 했어. 수년이 지나고서야 외할아버지의 주옥같은 말씀이 떠오르더라. 그 덕분에 살아내고 견뎠지, 하마터면 원망하다 세월만 보낼 뻔했단다. 힘들 때마다 내 입에서 툭툭 튀어나왔던 말이야.

"내 인생의 태클은 개나 줘버려"

계절이 변하듯 사랑은 무색해지고, 그러다 보면 처음 그 사람 모습은 온데간데없어지고, 상황에 따라 바뀌고 변하는 때를 대비하게 하셨어. 비록 태클에 걸려 엎어질지라도 소중한 나를 위해 강하게 다잡으라는 뜻이었나 보더라.

사랑하는 남자랑 사는데 이해 불가한 때가 한두 번이라야지. 앞을 보고 가던 길을 가면 될 텐데, 두리번거리고, 곁눈질을 한단다. 그뿐이면 다행이지. 의지가 약하면 다채로운 유혹에 빠져서 인생을 허비한단다. 남자는 여자랑은 좀 다른가 봐. 지나가는 애기들을 보면 이해가 쉬울 거야. 궁금한 게 생기면 푹 빠져서 가던 길도 잊고 멈춰서 놀고 있잖아. 재촉하는 엄마 말은 안중에도 없어 보여.

한눈파는 남자도 아이랑 똑같단다. 시간이 걸리고 좀 늦어서 그렇지 뒤따라오긴 하니까, 빠져있을 땐 미련 없이 그냥 두고 가는 편이 수월할 거야. 함께 가자고 끌어보지만, 터무니없는 고집만 피우고, 오히려 애들처럼 땡깡을 부린단다. 똑같이 어영부영 놀지 않을 거면 버려두고 앞으로 나아가는 게 상책이란다.

운전할 때도 직진만 하지 않듯이, 인생도 마찬가지야. 우회전도 하고 좌회전도 하고, 때로는 왔던 길 다시 되돌아가기도 하는 거지. 인생은 자신을 만들어가는 과정이라서 좌충우돌할 수밖에 없어. 파란만장할지라도 살아봐야지 얻는 게 있고, 그러면서 어른이 되는 거더라.

"과거의 나로 돌아갈 수만 있다면 그때 했던 모든 것들이 허무하지 않았다고 말해주고 싶다."
〈평범한 직장인이 어떻게 1년만에 2권의 책을 썼을까〉 황준연

이 말에 공감이 되는 것도 상황마다 그 순간에 소중한 나를 지켜낸 내가 소중하다는 생각 때문인지 모르겠어.

〈돈의 속성〉의 김승호 회장도 가장 중요한 것은 '내가 주도하는 삶'이라네. 워라밸이니 욜로족이니 해서 동조하다가는 가난하게 사는 40대를 맞이하게 될 거래. 소확행의 시작은 하고 싶은 일을 하고 그 안에서 자신의 가치와 소중함을 아는 것이란다.

레오 톨스토이의 그림책 〈세 가지 질문〉에는 주인공 소년 니콜라이가 세 가지 질문을 던지고 있단다.

'가장 중요한 때는 언제일까?'
'가장 중요한 사람은 누구일까?'
'가장 중요한 일은 무엇일까?'

세 가지 질문에 답을 찾는다면 옳은 일을 하면서 살 수 있을

거 같다고 답을 찾아 헤매는 짧은 동화야. 니콜라이는 궁금증을 해결하려고 친구들에게 질문을 하지만, 속 시원한 답이 나오지 않았어. 고민 끝에 나이 많은 거북이 레오를 찾아가는데, 도중에 많은 우여곡절을 선택하고 겪으면서 결국은 그 속에서 답이 있었다는 걸 알게 되지.

> **가장 중요한 때란 바로 지금 이 순간이란다. 가장 중요한 사람은 지금 나와 함께 있는 사람이고, 가장 중요한 일은 지금 내 곁에 있는 사람을 위해 좋은 일을 하는 거야. 니콜라이야, 바로 이 세 가지가 이 세상에서 가장 중요한 것들이란다.**
>
> 〈세 가지 질문〉

딸아, 짧은 동화에서 가장 중요한 것들을 알게 되다니 감동이지?

살아가는데 옳은 방법이란 별거 아니었어. 어려울 때 도와주고, 힘들 때 함께해 주는 따뜻한 마음이면 잘 사는 거란다. 중요한 것을 깨닫게 되는 것만으로도 왠지 더 소중한 사람이 된 듯해서 참 좋다.

2부.

딸아! 엄마는
엄마라서 정말
행복했어

1. 아직 어리다고 말하는 딸에게

장애물을 만났다고 반드시 멈춰야하는 것은 아니다.
벽에 부딪힌다면 돌아서서 포기하지 말라.
어떻게 벽에 오를지 벽을 뚫고 나갈 수 있을지 또는 돌아갈
방법은 없는지 생각하라

– 마이클 조던 –

딸아!

대학 다닐 때는 결혼 시기를 스물여덟이라고 정해줘서 웃음을 주더니, 막상 스물일곱이 지날 때는 "서른 살에 결혼해야겠어" 단호한 결의를 보였지. 그때까지 엄마 눈엔 마냥 사랑스럽고 이쁘기만 하던 딸이었어.

"결혼? 잘 모르겠어" 서른을 앞두고는 의문스러워 하더니, 어느새 서른을 훌쩍 넘겨 버렸네.

"나는 아직 너무 어려"

"바빠서 결혼 같은 걸 생각할 여유가 없어."

이제 와서 하는 말이 영락없는 요즘 애들이라 놀라지 않을 수 없네.

"엄마 이런 책을 읽어야지……"

언젠가 딸이 〈90년생이 온다〉 임홍택 님의 책을 던져주면서 너의 말을 대신하듯 읽게 했지.

'오늘 뭐 먹을까?'라는 고민이 너희들에겐 끼니를 때울 걱정이 아니라더구나. 얼마나 바쁜지 말도 줄여서 하고, 일할 땐 워라밸은 기본이고, 재미없으면 취급을 안 하는 게 당연하다더라. 시대에 무관심한 이 엄마가 얼마나 답답했으면 이런 책을 약봉지처럼 던져주고 갔을까? 일만 말고 딸 공부도 하고 살라는 뜻처럼 여겨졌어.

말수가 적어 도대체 속을 알 수가 없는 딸아!

〈90년생이 온다〉 제목부터 역동적이더라. 신조어는 또 왜 그리 많은지, 읽어내느라 애를 먹었어. 글의 의미를 꼼꼼히 새겨가며 읽었지만, 너희 또래의 줄임말에 정신이 다 혼미하더라. 너와 나의 세계는 생각의 차이로 견고하게 가로막혀 스파크가

날 수밖에 없었겠어. 나만 모르는 미지의 세계를 딸들은 살아가고 있었나 봐.

"우리 딸이 정말 그런가?"

의아했어. 집에만 오면 입 닫고 귀 닫고 끄덕임으로 대신하는 이유가 있었구나. 나는 아름다움만 추구하고 힐링만을 생각하는데, 상상도 못했던 세상이 그려지고 있었어. 헤어만 연구하는 내 시야가 딱 두상 모양의 크기만 하다는 걸 알았어. 많이 좁고, 넓게 멀리 보는 데 한계가 있었다는 걸 알고 책을 읽으면서 딸에게 많이 미안하더라. 네가 준 책을 읽고서야 내 의식 수준의 한계도 알았어. 그래서 결심했단다. 아직 어리다고 말하는 딸을 인정하고 기다리겠다고.

"엄마 나 결혼해야겠어"

폭탄 선언을 하는 날이 오겠지? 꼰대로 남기 싫어서 그러는 거야. 글 속에 23개의 꼰대 체크 리스트가 있더라. 그중에 8개만 되어도 심각하진 않지만, 꼰대가 아닌 것도 아니래. 심각한 꼰대는 되고 싶지 않은데, 너무 몰아붙이는 경향이 없잖아 있었어.

너희들은 스스럼없이 말하지. 밥상머리 교육도 잔소리여서 싫다, 경험치도 잘난 체다. 예의를 논하면 시대에 어긋난다. 등

등 내가 설 자리가 도통 없더구나.

"그럼 어른들은 뭘 어떻게 하고 살라는 거지?"

반감이 살짝 들기도 했어. 그래서 그냥 지켜보고 기다리는 편이 낫겠다 싶어서 지금 조용히 기다리고 있는 중이란다.

그런데 말야, 딸아!

너무 늦지는 않겠지? 살아보니 때가 있더라. 그 때를 놓치고 조급해서 허둥대지 않았으면 해.

좀 수월하게 갔으면 좋겠다. 시간을 가늠하면서 너의 결혼도 때를 놓치지 않았으면 좋겠어.

예를 들면, 엄마 찬스도 써먹을 줄 알아야지. 너의 팔이 두 개로 충분할 땐 잘 모르는 일이 더러 있어. 그때는 어쩌겠니? 엄마 찬스 급하게 써야지. 평생 안 늙으면 좋겠지만, 그렇지 않아. 팔다리가 성해야 활용이 가능하단다. 그래서 너무 늦지 않았으면 해. 사랑하는 딸이 바빠서 말도 줄여 하는데, 엄마라도 젊으면 얼마나 활용 가치가 많겠니? 지금은 그저 멀리 안 보이는데 사는 게 좋지? 결혼하면 다를 걸. 옛날엔 처갓집과 화장실은 멀어야 한댔지만, 지금은 바빠서 가까울수록 편하다는 걸 딸이 더 잘 알게 될 거야.

신종 유행어에 내가 남달리 감각이 떨어진다는 걸 딸도 알잖아. 워라밸의 의미가 일과 삶의 균형이란 뜻이 담겼다더라. 직장 생활에서 무엇이 가장 중요한가라는 설문조사에 결과가 상상 밖이라 놀라웠어. 급여 수준도 아니고 승진도 아니었대. 글쎄 일과 생활의 균형이 1위였단다. 아무리 바빠도 1년에 한번은 비행기를 타야겠다던 딸이었으니 당연하겠지? 그리 살지 못한 엄마도 그 마음은 참 멋져 보인다. 꼭 그렇게 살아라. 그런 삶은 얼마든지 응원해 줄게.

딸! 워라밸에 결혼도 포함시키라면 꼰대 마인드가 되는 거니?

너는 아직 어리다는데, 내 눈엔 고운 티가 자꾸 가시니 아까워서 걱정이야. 고울 때 하얀 드레스를 입으면 더 예쁠 텐데, 나도 나이를 먹나 봐. 종종 장모라고 부르면 기분이 어떨까 상상하게 되니 말야. 행복해서 춤이라도 추련만, 딸이 아직 어리다고 하네. 항상 젊은 게 아닌데, 나도 이렇게 빨리 늙어버릴 줄 몰랐어 딸아.

오늘은 유난히 너희 외할아버지가 하셨던 말씀이 생각이 난다. 어른들은 다 그런가 봐. 나도 이런 말을 내가 하게 될 줄 몰랐어. 결혼하고도 애기 소식을 전하지 않던 내게 걱정하는 투로 하시던 말씀이었어.

"자식은 올(먼저) 두고(낳고), 살림(돈)은 나중에 두(채움)는 거란다. 너무 늦지 않도록 해라."

딸이 아직 어리다고 생각을 하고 있으니, 친정아버지 말씀이 사무치게 와닿는다. 자식을 올두란 말은 때가 있음을 뜻하는 말이고, 살림을 나중에 두란 말은 자식이 나면서 먹을 걸 가지고 태어난다는 말씀이셨단다. 살아보니 일리 있는 말씀이셨어. 아무리 힘들어도 다 해결하며 살게 되거든. 젊을 땐 어려움도 알고 부딪히면서 터득하고, 함께 성장하는 사는 맛도 있단다.

딸아, 엄마는 너무 오래 기다리는 거 별로야. 키운 보람도 느끼고 싶다. '꼰대'처럼.

2. 나는 엄마로 사는 게 좋아

은혜를 모르는 자식을 가진 부모의 고통은 살모사에게 물린
아픔보다 더 심한 것이다.

- 셰익스피어 -

딸!

중2병 생각나지?

북의 김정일도 남한의 중2들이 무서워서 못 내려왔다던 농
담 같지 않은 우스개를 들어봤니?

그 시기의 아이들은 아무도 못 말려. 물론 우리 딸도 예외는
아니었지. 내 딸 같지 않아서 감당할 수가 없었어. 왜 그렇게 변
하는지 뇌 분석을 할 뻔했다니까. 누구나 한 번쯤 겪는 일이라
지만, 길어지면 둘 중 하나는 쓰러지겠더라.

어느 날 버스 안에서 너의 반응이 웃겨서 놀랐던 일이 생각
난다.

"엄마! 저기 저 애들 좀 봐봐." 귓속말로 나를 부르던 딸에게

"왜? 어디? 뭔데?" 덩달아 소근소근 다급하게 돌아보니 중학생 정도 되어 보이는 여학생 대여섯 명이 지나가고 있었어.

"쟤들이 왜?"

"쟤들 있잖아! 노는 애들이다."

"어떻게 알아? 뭘 보고 그런 말을 하는 거니?"

"딱 보면 알지. 내가 좀 놀아 봤잖아."

말해 놓고 멋쩍었던지 딴청을 부렸던 거 딸은 기억하니?

그즈음 딸은 이미 질풍노도를 살짝 지난 고1 가을쯤이었을 거야.

아! 옛날이여! 가슴을 쓸어내려야 했던 기억이다. 사랑스런 딸에게도 화려했던 사춘기가 있었지. 상상도 못했어, 감히 내 딸이 돌변해서 나를 괴롭힐 줄은 정말 몰랐어.

해 질 무렵, 학교에서 와야 할 딸은 오지 않고 한 통의 전화가 왔어. 담임선생님도 아니고 학생부장 선생님의 전화였단다. 학부모가 되고 십여 년 동안 학교에서 전화 오기는 처음이었어. 얼마나 놀랐겠니? 그 당시만 해도 학교 문턱은 높았단다. 우리 시대 때 선생님은 하늘이셨어. 그 높으신 분이 전화를 왜? 다리에 기운이 빠지고 후들거리기 시작했어.

딸, 그때 엄마는 새파랗게 질려버렸단다. 가슴이 '쿵' 하고 내

려앉았어. 하늘이 무너지는 기분이 그런 걸 거야. 앞이 깜깜하더라.

글쎄 연약한 딸이 학교에서 담치기를 했대. 이유가 더 어처구니가 없었단다. 네가 담배꽁초를 주웠다는 거야. 믿을 수가 없었어. 어떻게 내 딸이 그런 일을. 너네가 말하는 학주쌤한테 딱 걸렸다더라. 기겁을 하고 놀라 자빠질 일이었어.

교복 치마를 입고 높은 담장을 어떻게 넘었을까? 꽁초가 뭐니? 아빠 주머니라도 뒤지면 될 걸. 한 번쯤 해보고 싶었던 호기심 정도였겠지?

우리 때는 서리라는 걸 했었어. 어른을 속이는 모험 같은 거였지. 스릴 때문이었는지 학창시절 종종 했던 일이었어. 밭에 수박 익는 꼴을 못 보는 심술쟁이들이 마을마다 있었단다.

장날에 내다 팔 요량으로 잘 익혀둔 수박과 참외가 감쪽같이 사라진다는 거야. 그걸로 그치면 다행이지. 깨고 뭉개고 난장판을 만들어놓고 간다는구나. 외할아버지도 장날 새벽이면 서리꾼을 잡겠다고 고생깨나 하셨단다. 몰려다니면서 우월감에 재미라고 여겼었나 봐. 엄마도 딱 한 번 고1 때 감 서리에 동참했던 기억이 있어.

달도 휘영청 밝은 추석 날 밤이었어. 예닐곱 명의 여자애들

이 모여서 깔깔대고 놀다 말고,

"야! 우리 단감 서리하러 갈래?"

약속이나 한 듯 의기투합하여 모두 따라나섰어. 그날 밤 달빛은 유난히도 밝고 환했단다.

서리할 때는 반드시 한 사람은 망을 봐야 해. 여차하면 튀어야 하거든. 설마 담치기 할 때도 그랬었니? 서리라는 게 주인 몰래 속이는 재미거든. 그러다 인기척이라도 나면 '걸음아 나 살려라' 무조건 뛰는 거란다. 서리가 처음인 나는 무서워서 얼마나 바들바들 떨었던지 허리, 다리가 마비될 지경이더라. 심장 소리는 또 왜 그렇게 쿵쾅거리던지 팔에 힘이 빠졌어. 주섬주섬 딴 감이 자꾸 바닥에 떨어지는 거야. 두 번 할 일이 아니었단다. 서리했던 감 맛은 떨떠름하고 싱거웠어. 두근거림도 과히 좋은 느낌이 아니었던 기억이야.

담장 넘을 때 딸은 어떤 기분이었을까?

담치기하는데 다리가 쉽게 올라갔을까?

뒤에서 잡아당기는 느낌은 없었니?

어린 마음에 어른한테 도전이라도 하고 싶었니?

도대체 서리는 왜 하고 담치기는 왜 하는지 애들에게 물어보고 싶어.

황당해서 주체를 못하게 했던 딸아!

서리하다 걸리면 꿀밤 몇 대에 겨우 훈방 조치가 최고 벌이었어. 바늘 도둑이 소도둑 된다잖아. 담치기를 서리쯤으로 생각해도 될까? 아니면 마른 하늘의 날벼락 정도로 받아드려야 할까? 딸의 반항은 엄마에게 엄청나게 큰 충격이었단다. 나에게 행복 바이러스였던 딸이 담치기에 꽁초를 주었다는데 용납이 되었겠니?

학주쌤에게 처음에 걸린 걸 다행이라 여기고, 딸을 위해서 학교 규율에 맡기는 게 최선이라는 생각을 했어.

"선생님! 학교 규칙대로 처벌해 주세요. 집에는 무서워할 사람이 없습니다."

그 결과로 너의 허벅지는 사랑의 회초리로 따끔한 맛을 봐야 했단다. 11대를 맞고 벌겋게 터져서 어기적거리고 다닐 때는 엄마 마음도 찢어졌어. 매일 밤 사랑으로 약 발라주던 아픈 기억이 난다. 그때만큼 딸과 엄마 사이에 눈을 맞대고 많은 얘기를 나눈 적이 있었을까?

너무 속이 상해서 되려 학교 생활부 담당 선생님께 문자도 했었던 기억이 나. 홧김이 아니라 사랑의 매라는 걸 표현해 달라고, 만나면 안아 주십사 호소했던 용기 있는 엄마였어.

무섭고 떨리기만 했던 서리에 대한 나의 경험은 한 번쯤 떠오르는 기억일 뿐이란다. 꼬리가 길었으면 걸렸겠지? 걸리지 않아서 의기양양했지만, 긴장했던 몸이 굳어서 충분히 손들고 벌 받은 기분이었단다. 두 번 다시 할 일이 아니더라. 담치기가 습관이 되기 전에 단호해야만 했던 엄마 마음을 언제쯤이나 딸은 이해할까?

어쨌거나 사랑스런 딸아!

너의 반항에 엄마는 할 말이 없었어. 아빠는 늘 부재중이었고, 그로 인해 내 정신은 늘 얼이 빠져있었으니 내 탓이라 자책부터 했단다. 그리고 아빠를 원망했어. 내 삶이 저주스러워 화가 치밀어 올랐지만, 아무에게도 상의를 할 수가 없었어. 암담하고 눈물만 나더라. 자식 문제라 내 얼굴에 침 뱉는 격이 될까봐 두려웠어. 그래도 천만다행이라 여겼던 건 언니가 있었다는 사실이란다. 그때 알았어. 또 다른 자식으로 위로받고 산다는 걸.

"너 동생을 어떡해야 될까?"
-"어쩌겠어? 그만두게 해야지."

암담하기만 한 기분에 언니에게 물었더니, 언니도 얼굴은 새파랗게 질려있었지만, 대답은 짧고 명쾌했어. 참 시크한 언니

반응에 두 번 놀라는 날이었단다.

그렇게 쉬운 일인 것을. 하늘이 무너진 것처럼 울고불고 넋을 놓고 있을 뻔했어. 가족은 그런 거였어. 어려울 때 하나가 되어 어마어마한 힘을 발휘하는 사이더라. 평소엔 잘 모른단다. 오히려 앙숙이지. 할퀴고 상처 주고 원망하고 죽어라 미워도 하는 사이. 그게 내가 아는 가족의 모습이었어. 아마도 우리 세 모녀가 대표적이었을 거야. 그래서 어쩌면 의연해질 수 있었는지 모르겠어. 남 일처럼 대처하는 것도 한 방법이었지. 과격하지 않은 선에서 말하고 행동하는 자세가 훗날 살아가는 내내 보탬이 되고 있으니 말야.

서로에게 방관자로 무심히 사는 건 상처를 덜 주기도 했어. 무너짐과 허탈감도 덜했지. 때로는 버라이어티한 삶도 받아들여야지, 어떻게 날마다 해만 뜨겠어. 먹구름도 끼고 비바람도 치겠지. 그때는 우산을 쓰면 되는 거야. 우산이 없으면 잠시 쉬었다 가던지. 바쁘면 비를 맞고 시원하게 걸어가듯이 우리에게 가족이란 그냥 그렇게 사는 거였어.

작은딸 사춘기를 계기로 큰딸의 시크함에 넋 놓고 살 뻔한 내가 정신을 차리고 힘을 냈지. 얼마나 고맙던지, 두 딸이 내 삶의 스승이라 여기며 살았어. 돌아보니 한 통의 전화는 걸림돌이 아니라 디딤돌이었단다.

흔들리는 아이들이 사랑으로 채워지기를 기도해 줄 여유도 생겼어. 어떤 경우에도 교훈 없이 지나가는 건 하나도 없단다. 받아들이고 인정하고 선택해서 나아가는 거더라. 해결할 능력이 있을 테니까.

어른들은 자식을 일러 평생 '빚'이라고 했어. 그렇다면 먹여주고 재워주고 학교를 보내주는 것이 내가 갚을 빚이었단 말인가? 빚 갚음을 다 해서 딸들이 떠나는 거라면 평생 그 빚을 안고 살아도 나는 엄마로 살고 싶다. 나는 엄마로 사는 게 좋아.

3. 엄마는 정말 행복했어

행복은 이미 만들어져 있는 것이 아니다.
행복은 당신의 행동들로부터 발생한다.

- 달라이 라마 -

딸아!

엄마도 달달했던 신혼 시절이 있었단다. 날마다 입이 귀에
걸려서 살았어. 신혼 땐 다 그래. 닭살이라 비웃어도 사실이란
다. 그리고 밤마다 소원을 빌었어. 떡두꺼비 같은 아들을 둘만
낳게 해달라고 말야. 유난히 촌스럽게 아들 타령을 입에 달고
살았단다. 난 아들을 낳고 싶었어. 그러면 행복할 것 같았거든.
남자로 살고 싶었던 거 같아. 생각해 보면 여자라서 불편한 점
이 너무 많아서 그랬었나 봐. 지금도 여전하잖아. 세상이 어수
선하고 밤길도 무섭. 남자는 그런 불편함이 덜 할 거 같아서
아들을 꼭 낳고 싶었어. 생각하면 이루어진다더니 삼신할머니
의 생각은 다르셨나 봐.

기둥이 되어준 딸

네가 나에게 오면서 삶이 변하기 시작했단다. 태어나 처음으로 여자임을 확인시켜준 내 생애 최고의 선물이었어. 너와 첫 만남은 꿈에서였단다.

실하게 잘 말린 '붉은 고추'였어. 광주리로 하나 가득 갖다 놓고 고추를 다듬는 꿈이었는데, 글쎄 가위로 꼭지를 똑똑 자르고 있더라. 잠에서 깨어났는데, 태몽이구나! 싶었지. 태몽은 주로 열매, 동물, 과일 등으로 꿈에 보인다고 어른들이 말씀하셨거든.

"아! 붉은 고추는 아들이랬는데, 나는 고추 꼭지를 자르고 있었잖아?" 아뿔싸 싶었지.

"임신입니다. 축하합니다." 얼마 뒤 곧 의사 선생님의 축하 인사를 들었단다.

결혼하고 9개월이 지날 즈음이었어. 몸도 마음도 온전히 준비는 되었는데, 몇 개월이 그냥 지나가니 걱정이 되더구나. 아이는 내가 원한다고 오는 게 아니었어. 아이가 원할 때 찾아온단다. 그래서 더 귀하고 소중한 보물인 거지. 얼마나 고맙고 감사한 일인지. 여자는 그때서야 온전히 여자임을 확인하게 되는 건가 봐.

새 생명의 점지는 기쁨이 열 배요, 행복은 백 배, 감사함은 천 배가 넘을 정도란다. 매사를 조심하고 마음은 고요히 먹고, 내가 아닌 엄마가 되어 다시 태어나는 느낌이었어.

두 달이 지나고 석 달이 되면서 입덧으로 잔잔하게 네가 있음을 상기시켜 주기 시작했어.

그것도 고마웠어. 입덧이라도 없으면 너와 함께 있음을 잊고 살까 봐, 신호를 보내는가 보더라. 여전히 일상은 돌아가고 있거든. 그래서 아마도 신이 특혜를 준 거 같아. 입덧으로 너를 지켜내라고 말야. 일도 무리하지 말고 사랑에도 도를 넘지 못하게 입덧으로 너는 너를 지켜내더구나. 점 하나의 너는 참으로 위대한 생명력을 가지고 있었단다.

새싹이 파릇파릇 햇살도 좋았던 봄날이었어. 주말에 일이 많아서 힘이 들었나 봐. 저녁 무렵 하혈 증세로 나를 긴장하게 했단다. 의사 선생님 말은 법에 가까울 거야. 왜냐구? 다음날 바로 가게 문을 닫았거든. 거의 한 달을 꼼짝 않고 누워있었어. 위험하다고 어찌나 겁을 주던지 쉬어야만 했어. 처음이라 무섭기도 했지. 그때 알게 된 사실이 또 있었단다. 날마다 용돈을 받아가던 아빠가 날마다 돈을 만들어다 주는 거야. 어찌된 사실인지 지금도 수수께끼야. 예비 아빠 노릇 하느라 고생하는데 물어 뭐하나 싶어 묻어두었어.

서툰 대로 우린 그렇게 부모가 되어가고 있었단다.

"이 정도는 일하셔도 됩니다."

대학 병원이 멀어서 동네에 오래된 산부인과로 갔더니 희망찬 검진 결과를 내놓으셨어. 얼마나 감사하던지 정말 의사 선생님 말의 위력은 대단했어. 일도 하지 않고 집에만 있으려니 슬슬 답답했었는데, 일을 하다 보니 입덧도 그치고 태동도 느끼게 되더라.

너는 내 안에서 참 잘 지내주었단다. 꼼지락꼼지락 태동이 느껴질 때마다 너랑 얘기를 했어. 설거지할 때는 그릇 모양을 얘기하고, 길을 걸을 땐 지나가는 자동차 색깔을 말해주었어. 거리의 가로수를 세어 주기도 하고, 흥얼흥얼 콧노래도 불러주었단다. 그럴 때면 넌 속에서 발길질을 하며 장단을 맞추더구나.

외할머니가 이르신 대로 모서리는 피해서 앉고, 밥을 풀 땐 주걱에 밥이 뭉그러지지 않게 고슬고슬 예쁘게 담아 먹었어. 시간대별로 다양한 음악이 흐르는 FM 라디오가 너의 태교를 책임져 주었지. 온 세상이 너를 위해 미리 준비하고 기다린 듯, 너를 위해 사용해도 좋을 만큼 편리하고 좋은 게 많더구나. 너는 그렇게 사랑으로 만들어져 이 땅에 태어났단다.

1992년 12월 6일 오후 3시 17분. 건강하게 겨울 아이로 태어났어. 몸무게는 3.1kg으로 내 팔뚝 크기만 했어. 환희와 놀라움이었어. 그날 이후로 난 여자에서 엄마로의 삶을 살게 되었단다.

푸른 바다 위에서 손으로 한아름 받아서 안았는데, "어머, 예쁜 딸이구나" 했었던 너에 대한 두 번째 꿈으로 난 이미 네가 딸이었음을 알고 있었단다.

내내 기둥이 되어주었던 딸아!
귀하고 소중한 인연으로 우리 앞에 와줘서 고맙다. 사랑하는 딸이 있어서 엄마는 정말 행복했어.

조건 없는 사랑을 가르쳐 준 딸

하늘의 뜻이었을 거야. 난 그렇게 생각해. 너의 신호는 강하게 몸을 향해 공격해왔단다. 계속되는 하혈 증세가 너무 무서웠어. 둘째를 갖기에 아직 채 준비가 되지 않았는데, 몸을 살피느라 방어 중이었어. 내 나이 스물여덟. 체력이 동이 나서 두 아이는 엄두가 나질 않았어. 언제나 사랑에는 책임이 따르기에 절제를 해야 했지. 그럼에도 불구하고 몸으로 보내는 너의 강력한 신호를 외면하기엔 고통과 통증이 너무 심해서 더이상 버틸 수가 없을 지경이었어. 거역할 수 없는 신이 주는 두 번째 선물이라고 판단하고 결정해야 했단다.

일도 하고 육아도 하면서 함께 가보기로 했어. 두 번째 임신은 그야말로 '용기'였단다. 내 몸의 변화는 피할 수 없는 인연의 예고라고 받아들여야 했어. 피임이라는 도구가 무색할 만큼 그렇게 너는 나를 향해 돌진해왔단다. 서른을 바라보는 지금 너희를 보면 아직도 철없고 어리기만 한데, 나는 스물아홉에 두 아이 엄마가 되었단다.

흔히 말하는 개천에서 용이 나는 꿈이었지. 용트림하는 듯한 '이무기'였어. 얼마나 세차게 솟아오르던지, 태몽이었어. 너와의 만남은 그렇게 시작되었단다.

네가 내게로 오기 전, 동네 어른들이 용하다 하는 한의원을 수소문해야 했어. 아들을 낳고 싶어서였지. 나의 소원이었잖아. 노력이라도 해보고 싶었어. 그때는 사방에 아들 낳고 싶은 사람들이 그렇게나 많더구나. 입소문에 딸 셋에 네 번째 아들을 낳았다는 케이스를 성공 기준으로 잡게 되었지. 그래서 찾아간 곳이 서대문 어디쯤에 있는 한의원이었어. 약 한재로 몸을 보호하니, 금방이라도 아들의 '그것'을 달아줄 것 같은 기분이었단다.

딸아, 너를 맞이하려고 애 많이 썼다. 첫 아이와 합의도 계산해야 했어. 형제간의 우애도 정말 소중하거든. 그때 먹은 고기의 양은 평생 내가 먹을 정도는 될 거다. 고기를 먹어야 아들 만드는 체질이 된다는 속설 때문이었지. 어쩜 그리 방법도 많고 비법도 많았던지 사람의 욕심은 한이 없나 보더라.

아들의 태몽 이야기도 참 다양했어. 주로 품으로 들어오고 치마폭에 받았다는 이야기가 난무했지. 구렁이도 크기가 집채만 하다는 둥, 알밤을 치마로 받았다는 둥, 내 꿈과는 조금 다른 기이한 얘기들뿐이었어. 언제나 태몽은 기상천외한 수준이었지. 아날로그답게 시도하고 아들을 만들었다고 잔뜩 기대에 부풀어서 확인차 병원에 갔단다. 의사가 '딸'이라는 거야.
"말도 안돼. 돌팔이잖아."
콧방귀 뀌고 나와 버렸단다. 얼마나 어처구니없는 일이니. 엄마가 그 정도였어.

아들 낳는 한약을 먹고, 민간요법을 쓰고 식사법을 조절하며 만반의 준비를 다했는데, 딸이라고 말하는 의사가 얼마나 미웠겠니? 자는 횟수도 조절하고 새벽잠도 강요했단 말야. 별별 방법을 다하고 아들을 만들었다고 장담하면 아들이 점지되는 줄 알았단다. 그때는 속속 그런 방법을 선호하곤 했어. 말도 안 되는 억지를 부려보는 거였지. 백일기도도 했단다.

얼마나 아들에 대한 욕심을 부렸겠니? 온갖 방법을 강요당했던 아빠도 은근히 따라주는 것이 장남이라는 막중함이 나름 있었나 보더라.

"아들 낳으려고 안 해본 게 없어. 그래서 미련도 아쉬움도 없어. 내 생에 아들이 없나 봐."

원하는 걸 못 가지면 변명거리라도 필요하지 않았겠니? 지금 넋두리하는 나처럼 말야.

개천에서 기운차게 용솟음치더니 너의 태동은 앉아있는 엄마를 자주 일으켜 세우곤 했단다. 그래서 더 씩씩한 남자아이라고 착각했지. 한약 덕분에 태아도 덩달아 기운이 넘쳤었나 봐.

아들 타령에 도가 지나치다 싶어 안타까웠는지, 어느 날 밤, 또 너는 꿈에 반짝반짝 윤이 나는 까만 새끼 염소가 되어 나를 만나러 왔단다. 쌍둥이처럼 두 마리였어. 한 마리는 품에 안고 한 마리는 쫄래쫄래 걷고 있는 꿈이었어. 정말 사랑스러웠단다. 반질반질 윤기 나는 귀여움에 홀딱 반해 버렸어. 자매라는 '예지몽'이었단다. 지금의 딸보다도 어린 나이였구나. 어려도 모성애는 타고나는 건가 봐. 매번 매 순간 행복은 두려움을 이기게 해줬어.

두 번의 출산으로 나는 여자에서 엄마로 다시 태어나게 되었단다. 그리고 딸이 엄마라고 불러주기도 전에 엄마가 되어 있었어.

"엄마야! 엄마 여기 있어!"

호들갑을 떨고 있는 나를 보았단다. 그래서 엄마는 정말 행복했어.

4. 결혼을 해야 어른이 된단다

지혜는 타고나는 것이 아니라 배워가는 것이다.
그러니 살면서 한 번은 내 안의 현자를 만나라.

- 유디트 글뤼크 -

어른이라면 어떤 모습이어야 할까?
나이를 먹으면 자연히 어른이 되는 걸까?
딸이 생각하는 어른은 어떤 모습일까?

오스트리아 지혜 연구가 유디트 글뤼크 교수가 쓴 〈지혜를 읽는 시간〉을 읽다보니, 지혜는 스스로 변화할 준비가 되어있는 사람에게서 발현된다고 했어. 자신의 삶에 닥친 불가항력의 사건들 앞에서 어떤 생각을 하고, 어떠한 태도와 행위를 갖는지가 지혜로움을 결정짓는대.

타인의 인생을 살지 않기 위한 필수조건으로 진정한 성공과 행복을 원한다면 내 삶이 들려주는 다섯 가지 지혜를 읽어라.

하나, 열린 마음을 갖고 있는가?

둘, 민감한 감정을 현명하게 조절하는가?

셋, 타인의 처지를 십분 이해하고 공감하는가?

넷, 복잡한 문제에 봉착할수록 스스로를 깊이 성찰하는가?

다섯, 삶이 통제 불가능하다는 것을 인정하는가?

- 〈지혜를 읽는 시간〉 본문 요약 -

사전적 의미로 지혜는 사물의 이치를 빨리 깨닫고 사물을 정확하게 처리하는 정신적 능력이라고 기술하고 있어. 왠지 나이보다 어른스럽게 굴면 애늙은이라고 불렀던 것도 성숙해 보여서겠지. 그런 친구들의 특징은 생각이나 행동이 어른에게서나 들을 법한 소리를 했었어. 만약 그런 친구가 결혼까지 한다면 정말 위의 다섯 가지 지혜는 두루 갖추는 어른스러움을 보이지 않을까?

생각해 보면 결혼하고부터 감정이란 녀석은 별것도 아닌데 민감하게 반응할 때가 참으로 많았어. 업다운이 자주 찾아왔지. 지혜를 결혼의 필수조건으로 꼽는 이유가 그래서인지도 몰라.

남편과 시댁 일에 그렇게 예민할 필요 없이 이해하고 공감하면 되는 것을, 왜 시댁 일에는 쉽게 발끈하는지 모르겠어. 상처

받지 않으려면 현명하게 대처해야 하는데, 그게 그리 쉽지 않으니 환장할 노릇이란다. 어른이 된다는 말은 다름을 인정할 수 있어야 하고, 산더미처럼 밀려드는 불편한 감정들쯤은 스스로 해결할 수 있어야 될 거야.

내 경우엔 일상적인 문제들인데 시댁 일이라면 유난히 공감 능력이 떨어져서 괴로웠어. 별 것도 아닌데 짜증을 내고, 꼬투리를 잡고, 인색하게 굴 때는 차라리 남만도 못하다는 생각을 자주했어. 호적으로 엮인 가족은 배려와 인내가 답이야. 어쨌거나 불편함을 겪으면서도 이겨내는 걸 보면 결혼을 해야 어른이 되는 건 사실일 거야.

사랑받으려고 결혼했는데, 되려 챙겨야 할 사람이 남편 곁에 주렁주렁하더라. 마음 가는 대로 다 챙기고 살다가는 기둥을 뿌리째 뽑아도 모자랄 거야. 신혼 때 살림이 빠듯해서 늘 불안불안 했던 기억이 나는 걸 보면 어른이 된다는 건 두루 챙길 일이 많다는 의미기도 해. 집안의 애경사도 결국은 품앗이니까, 괜히 미안해할 필요 없어. 못하는 거지 잘못을 한 게 아니니까, 현명하게 능력껏 살면 되는 거야.

결혼하고 명절만 되면 괜히 친정이 그립고 까닭 없이 서러워지는 이유는 또 왜 일까?

여자에게 친정은 항상 2순위라는 심리 때문일까?

멀기도 하고 일하느라 명절에 친정을 못 가면 엄마는 그냥 서러워서 눈물이 나더라. 유별나게 효녀도 아닌데, 시댁만 가면 친정 부모님이 그리워졌어. 그냥 속상하고 짜증 나고 서러움이 올라온단다. 더 화나는 건 남편의 태도야. 여자의 마음을 헤아리기는커녕 그런 마음을 아예 몰라. 그럴 땐 명절에도 차라리 출근해서 일을 하고 말았어.

마음먹기 나름이고, 시대가 변하긴 했어도, 어른이 된다는 건 보통 일이 아닌 건 분명해. 딸의 고달픔을 덜기 위해서라도 멀리 시집보내지 않겠다고 다짐을 할 정도니까.

그나마 결혼해서 엄마가 되는 좋은 점이라도 없다면 모험을 걸지 않을 거야. 그토록 조건 없이 주는 사랑이 또 있을까? 자식을 낳아봐야 안다더니, 애 낳아 키우다 보면 부모 마음을 저절로 알게 된단다. 조건 없는 사랑도 결혼이란 걸 하고 생겼어. 내가 자식 욕심이 그리 많은지 미처 몰랐던 것처럼, 타고난다는 여자의 모성애도 사용하기 전엔 잘 모를 일이더라.

그립던 친정에 가서 시아버님 자랑만 하고, 감나무에 달린 홍시만 봐도 시아버님을 떠올리고, 어쩔 수 없는 출가외인이더라. 친정 부모님이 2순위라 슬퍼했는데, 어느새 내 마음에도 친정이

2순위에 있어서 놀랐어. '왜 그럴까?' 라는 생각에서 '다르구나' 하는 어른스러움이 생기기 시작한 것도 결혼하고 나서란다.

꼭 결혼해야 어른이 되느냐고 따지고 싶지? 당연하지 않을까?

결혼도 안한다면 부부싸움의 진수를 알까?

자식에게 끝없이 퍼주고도 원망을 듣는 무조건적 사랑의 의미를 알까?

시댁이 주는 서러움을 감내하는 이유를 알까?

어찌 그것들을 체득해 보지도 않고, 고스란히 그저 어른이라 말할 수 있겠니?

얼이 큰 사람을 어른이라고 한다더라. 그만큼 깊이가 다르다는 얘기겠지. 결혼하면 혼자일 때와는 차원이 달라. 인내는 기본이고 양보와 배려, 기다림이 몸에 배이게 된단다.

딸아! 어른 되기 너무 어렵지? 그래도 결혼이란 한 번쯤 도전해 볼 만한 가치가 있어.

어차피 인생은 도전의 연속이잖아. 결혼만 해도 어른이 된다면 해볼 만하지 않겠니?

He can do. She can do. Why not me?

5. 결혼하면 비로소 알게 되는 것들

결혼을 하면 가장 많이 변하는 게 뭐가 있을까?

딸은 결혼을 한다면 어떤 것부터 바뀔 것 같니?

변하고 바뀐다는 건 결국 깨닫는다는 거겠지?

제일 먼저 거주지의 변화가 올 거야. 지금도 마찬가지지만, 엄마는 환경 변화에 예민했어. 잠자리가 바뀌면 잠을 못 자는 성격이라 적응하는데 무척 많은 시간이 걸렸어. 라이프 스타일에서 문화까지 누군가와 함께 한다는 건 그리 쉬운 일이 아니란다.

사랑하는 남자랑 함께 자는 일은 어떨까? 마냥 두근두근 설레기만 할까?

혼자 자는 게 습관이라면 신경이 쓰이는 부분이 한두 가지가 아닐 거야. 때로는 안겨서 자는 것도 불편하단다. 사랑이란 녀석은 찰나여서, 돌아누우면 마음을 등지는 거 같아서 살피게 되고, 팔베개가 배긴다 하면 사랑이 식었나 싶어 조심스럽고, 귓전에 새근거리는 숨소리가 거슬려 비키고 싶을 때도 마음을 살피게 되더라.

소소한 변화들이 때로는 엄청나게 부담이 될 수 있어. 함께라서 견뎌야 하는 것들이지. 행복을 찾아서 하나가 되었건만, 가끔은 변화에 적응이 필요해서 힘도 들었단다. 모든 불편한 진실들을 사랑으로 덮을 수만 있다면 금상첨화겠지만, 성격과 성향에 따라 다를 수 있어.

지금은 사느라 바빠서 서로 연락도 없이 살지만, 근교에 내 시골 사촌 오빠가 계시단다. 서울 생활이 외로워서 가족이 많이 그리울 때는 자주 오가며 만났던 큰집 오빠였어. 1년 먼저 결혼해서 인사를 왔는데, 새언니 말이 참 재미있더라.

새 옷을 사입고 "이거 어때요?" 하면 "괜안네"
요리를 해서 맛을 보라하면 "됐다, 됐다." 뿐이에요.
"뭐 태생이거니 하면 괜찮아요".
"오빠 코골이가 심각한데 어떻게 같이 자요?" 물으니,
"탱크 소리 같은 오빠 코골이는 완전 자장가예요".
사랑하고 결혼까지 하면 그렇다는구나. 말도 안 되는 그 거

짓말을 믿으라며,

"아가씨도 부러우면 어서 결혼하세요." 행복이 철철 넘치는 목소리로 희망을 안겨주고 가더구나. 여전히 자장가로 들리겠지? 아직도 같이 잘 살고 계시니까.

오빠와 새언니의 사례는 흔하지 않은 경우일지도 모른단다. 사랑이 앞을 가려 보이는 게 없어도 더러는 귀가 열려있고 눈에 보이는 게 있거든. 태생이려니 하고 살아가는 법이 따로 있다면 그토록 결혼을 꺼려하지는 않을 거야.

저 사람 눈에 나는 어떨까?
나도 모르는 내 잠버릇은 예뻐 보일까?
곧바로 생각이 바뀌는 자유로운 영혼이라면 얼마나 좋겠니?
사랑이라면 그래야 할 텐데, 사랑 때문에 울고 웃고 하는 걸봐, 생각보다 사랑은 이기적이란다.

한 남자랑 결혼했을 뿐인데, 미처 몰랐던 사람을 알게 되고, 만나야 하고, 많은 것을 부수적으로 해야 하는 상황이 생긴단다. 그런 게 부담스러워 피할 수도 있겠지? 요즘은 사랑하는 사람은 있는데 결혼할 생각은 없다더라. 많은 것들을 포기하고 살기엔 인생이 길고 아깝긴 하지.

'구더기 무서워 장 못 담근다'

　옛말처럼 사랑도 그래야할까? 불편한 것들, 없었으면 하는 진실들, 그렇다고 사랑을 포기한다고? 말도 안돼. 그러기엔 심장이 너무 뜨겁잖아. 혼자인 사람을 찾아야겠다고? 아마도 세상에 혼자인 사람은 없을 거야. 가족 없이 혼자라면 홀가분하긴 하겠지만, 명절 때는 오히려 갈 곳이 없으면 허전해서 찾아다니더구나.

　특히 결혼이라는 체제 안에서는 만족이란 없을 거야. 모든 것을 감수하면서 결혼을 선택하게 되는 건 득이 많아서 일 수도 있어. 혼자보다 둘이 가면 막막함이 덜할 수도 있고. 어쨌거나 그 중의 최고는 딸을 얻는 거였어.

　엄마 경우엔 다 운명 같더라. 왜지 모르겠어. 당연하다고 여겨졌을 뿐이야. 마치 가야하는 수순 같았다고나 할까? 인연이라는 게 있나 보다 했지.

'중매 잘하면 술이 석 잔, 못하면 뺨이 석 대'

　중매라는 소개를 두고 하는 말인데, 나는 어른들이 연결해 준 중매결혼을 했어. 요즘 같으면 소개팅 같은 거지. 살아보니 뺨이 석 대감인데, 양가 어른들의 뺨을 때릴 수도 없고, 내 속만

태우고 살았단다.

네 할머니와 내 외숙모님의 합작품이었어. 절에서 본 처자(아가씨 손미숙)의 조신함에 반해 며느리가 됐으면 하셨대. 그로부터 두 달 후 레스토랑에서 맞선이란 걸 봤단다. 미용실 일이 주말이면 더 바쁜 거 알잖아. 그날도 일요일이라 바쁘게 일하고 정신없이 선을 보러 갔지. 난생처음 해보는 경험이었단다.

첫선을 보던 2월 10일. 저녁은 8시 30분이면 한참 늦은 밤이었어. 허겁지겁 밥을 먹다 말고 나도 모르게 고개를 들었는데, 앞에 있는 남자 모습이 섬광처럼 뇌리에 박히는 거야. 찌리리하는 전율에 얼마나 놀랐던지, 지금도 생생하단다.

그때 그 느낌이 백만 볼트에 감전된다는 말인가 싶어. 정말 놀라웠어. 전신에 맥이 빠지고 아무 생각이 없어졌어. 이후로 나에게 전해지는 새로운 소식들은 모두 운명이라 받아들이게 되더라. 남자의 조건이 도무지 받아들일 수 없는 상황인데, 그 또한 그 당시는 아무런 걸림돌이 되지 않았어.

사랑에 눈이 멀었다거나 콩깍지가 씌었다는 말이 그래서 생겼나보더라. 시골 부모님도 속여야 했던 용기는 어디서 생겼는지. 반대하면 도망도 갈 수 있겠더라.

주인집에 딸린 단칸방에 월세를 얻는다 해도 같이 벌면 되지 했고, 불안전한 가족의 형태도 삶이겠지 싶었어. 더 이상한 건 '그래도 괜찮아'하는 내 안의 나였어. 나의 이상형에 부합된 게 한 가지도 없었는데 말야. 조건도 이상형도 모두 사라져버리다니 이상하지?

오로지 인연이라는 생각만 떠오를 뿐이었단다. 그때 알았어. 백만 볼트에 감전되는 느낌이 엄청난 위력을 발휘한다는 사실을. 그 강력한 힘이 없었다면 결혼이라는 관문을 통과할 수 있었을까? 어림없었을 거야. 나름의 조건이 얼마나 많았게. 기준은 또 얼마나 내세우고 사는데. 예나 지금이나 이기적인 건 매한가지야. 왠지 손해 보는 사랑은 싫어하잖아. 엄마도 그 점은 마찬가지였어.

딸아! 결혼할 때 여자가 남자를 얼마나 많이 알아서 선택을 하는 걸까?

결혼을 하고 비로소 나는 진짜 남자를 알게 됐어. 남자는 눈앞에 보이는 것만 본단다. 아주 시야가 좁아서 처음에는 약간 부족한 사람인 줄 알았어. 일일이 설명해 줘도 모르더라. 차라리 여자가 편하려면 콕 집어서 말하는 게 낫단다. 아마도 부딪힘의 시작이기도 할 거야. 멋지고 가슴이 넓어서 하늘의 별도 따다 줄 것 같지만, 남자는 눈앞에 '핀' 하나도 못 찾는단다. 속이 터져서 싸우고도 남을 일이야. 때로는 철없이 구는 행동에

어이가 없을 때가 많아서 놀라게 될지도 몰라.

개인의 차이는 있겠지만, 여자와는 많이 다르단다. 여자의 시야가 360도라면 남자는 아마도 60도 밖에 안 되나 보더라. 안 보인다는 남자랑 무슨 말을 더 하겠어. 아는 게 많아서 큰소리친다고 냉장고 안의 반찬통도 찾아줄 거라 착각하지 않았으면 좋겠다.

'시월드'라는 말도 있지. 생각해보면 상황에 따라 생각을 달리해야하니, '어렵다'는 말을 통틀어 표현했나 싶어. 결혼하고 알게 된 것 중에 가장 어려웠던 점이었다면 시어른들께 전화 드리는 거였어. 왜 시부모님께 전화 드리기가 그리도 어려웠는지 모르겠어. 안부 전화 한번 하는데 전화기 앞에서 기도를 몇 번씩이나 하고 식은땀을 닦아야 할 정도였으니 말 다했지. 조심스러움을 넘어 주눅이 드는 기분이었단다.

사랑하는 남자의 부모인데 예의를 갖춰야 한다는 자체가 며느리 된 입장에서는 부담이라는 걸 결혼을 하고서야 알게 된 사실이란다.

백만 볼트라고 뭉뚱그려 치부했던 마음이 부부가 되게 했어. '끌림' 하나를 믿고 착각한 결과로 나는 어른이 될 수 있었단다.

별을 따다 줄 것처럼 강력하게 끌어당기는 바람에 남자를 따라 올 수 있었어. 그 남자의 모두를 선택한 것도 나였더라. 이 모든 것이 하늘이 맺어 준 인연이었다는 것을, 결혼을 하고서야 비로소 알게 된 것들이란다.

6. 아이를 낳고 나의 시선은 완전히 달라졌단다

한 해를 마무리하는 12월은 왠지 마음이 들뜨지. 코로나가 세상을 삼켜버리기 전엔 더더욱 그랬단다. 나의 12월도 그랬어. 뼛속부터 꿈틀댔지. 예수님 탄생이 즐거워서도 아니고, 대박난 한 해를 보내서는 더더욱 아니었어. 내게 12월은 아주 특별하단다. 첫 아이를 낳고 내가 처음으로 엄마가 된 날이 들어 있기 때문이지.

외할머니는 4남매를 낳은 달이면 영락없이 몸 상태가 좋지 않아 힘들어하셨지만, 이상하게도 나는 행복하더라. 세상이 좋아진 탓인지, 단산 덕에 출산 후유증이 가신 건지, 밭고랑에서 일하다 애를 낳는 고충이 아니라서 그런지, 출산 달이면 나는 마냥 들떠있단다. 엄마가 되고 행복의 기준이 변한 건가 봐.

30년 전, 12월 초겨울이었어. 출산을 며칠 앞두고 만삭의 몸으로 겪는 고충을 어찌 말로 다 하겠니? 기분은 설렘 반 두려움

반이었지. 그때마다 아기 탄생을 상상하며 이겨냈단다. 기다리는 마음은 이미 엄마였으니 가능했지, 서서 동동거리는 미용실 일은 만삭의 몸으론 말처럼 쉬운 일이 아니었어. 하지정맥류의 고충을 날마다 감내해야 했단다. 늘어난 몸무게에 심줄도 괴로워한다는 사실은 겪어본 사람이라면 다 알 거야. 울퉁불퉁 지렁이처럼 불거져서 통증에다 징그럽기까지 했어. 겨우 내 나이 스물일곱이었단다.

우리 예쁜 딸!
네가 태어나고부터 나는 세상 물정 모르던 여자에서 속이 꽉 찬 엄마로 살았단다.
아빠의 정성이 부족해도 너를 보면 행복했고, 시댁에서 주는 서운함 같은 건 아무 일도 아니었어. 네가 한번 웃어 보이면 어떤 속상함도 솜사탕처럼 사르르 녹여버렸단다. 돈벌이가 덜해도 배고프지 않았어. 너를 낳고 변해도 너무 변한 거야. 세상을 다 얻은 기분이었거든.

여자에게 첫 아이는 온 세상 전부란다.

예전의 내가 아니야. 그러니 안 변하는 게 이상하지. 날마다 신기하게 변해가는 의외의 내 모습에 나도 놀랐어. 태교부터 유난했는데, 지금의 엄마라면 상상이 안 될 거야.

네가 내게 처음 오던 날부터 달라졌어. 빛깔 좋은 과일만 찾아 먹었고, 예쁘고 잘생기고 크고 좋은 게 항상 선택의 기준이었어. 그래야 예쁜 아이가 태어난다더구나. 말만 아들 타령을 했지, 마음에선 이미 예쁜 공주이기를 바랐었나 봐.

늘 정신을 차려야 했던 것도 네가 있어서였고, 덕분에 좋은 생각을 가려가며 했어. 아름다운 음악을 들으려고 신경 쓰게 된 것도 너를 만나고부터란다. 내가 그토록 아름답게 살 수 있었던 건 딸, 바로 네 덕분이었어. 태교에 온 정성을 다하다 보니 내 삶이 변해가더라.

딸을 위해 불안한 세상을 걱정하고 나라가 안정되기를 기도했어. 우리 예쁜 공주가 살아야 하는 세상이 안팎으로 어수선해서 안녕하기를 바랐어. 나라 경제를 염려하게 된 것도 네가 태어나고부터였을 거야. 보이는 게 얼마나 많아졌는지 모른단다. 어지럽고 불편한 건 또 왜 그리 많은지. 신경을 쓰게 되는 모든 기준이 너였단다. 너를 낳고 나는 완전히 다른 사람으로 바뀌었어. 유난을 떨었지. 밖으로 표현은 안 했지만, 마음은 늘 유난스럽게 살았어. 임신 중에도 그랬는데, 네가 태어나고는 오죽했겠니?

"엄마 여기 있어" "엄마가 해줄게" "엄마 보고 싶었구나?"

누가 시키지도 않았는데 이미 나는 엄마가 되어 있었어. 갓

난아이가 엄마라고 불렀겠니? 그런 일은 없었어. '애' 소리만 나도 갖은 호들갑을 다 떨면서 엄마 좀 봐 달라고 오히려 소리쳤단다. 옹알이라도 하는 날엔 그날은 정말 세상 거짓말은 다 했었나 봐. 어른들이 말했어.

"애기 엄마는 하루에 열두 번도 더 거짓말을 한다."

나도 그랬어. 아니 훨씬 더 심했을 거야. 애기 사랑이 하늘을 찌를 듯했으니까. 진짜 웃기지? 태초부터 나는 너의 엄마였나 봐. 그렇게 자연스러울 수가 없었어. 말도 없고 소심했던 내가 수다쟁이로 변해버렸단다. 하루 종일 종알종알거렸어. 너를 위한 수다가 유별나다 싶었던지, 네 외할머니는 결국 한마디 하시더라.

"참 애도 별나게 키운다"

애기를 업을 때도 내가 업어야 마음이 편했어. 할머니께 단한 번도 너를 업히지 않을 정도였으니 알만하지?

출산을 하고 어느 날 사진 속 내 모습을 봤어. 더이상 이기적인 여자는 없었단다. 주위를 살피는 엄마의 모습뿐이었어. 변해버린 모습에 나도 놀랄 만큼, 너는 나를 위대하게 만들었단다.

아이를 낳고 나의 모습도 달라졌으니 경이로울 일이지.

결혼 전 아이가 이쁜 줄 몰랐던 사람은 아이를 낳고 세상의 애기가 다 이뻐 보이더래. 그와 달리 아이만 보면 예뻐서 물고 빨고 했던 나는 정반대였단다. 내 눈에는 너만 보였어. 그리 사랑스럽던 조카도 보이지 않더구나. 안타까운 건 무관심이 인색함으로 변했다는 거야. 관심 밖의 일이니 보일 리가 없고, 보이지 않으니 조카들도 챙기지 않았겠지. 오로지 너만 보였어. 덕분에 네가 태어난 이후로 철저하게 너의 엄마로만 살았어.

너를 향한 마음은 순도 100%였단다.

그냥 그렇게 사는 줄 알았어. 그리해야 했던 이유가 어쩌면 따로 있었는지도 모르겠어.

24시간 너의 집은 미용실이었거든. 좁은 미용실 내부를 커튼 하나로 나눠 방을 만들었지. 앵글 침상이 너의 침실이었단다. 열악한 환경이었지만 딸이 옆에 있어서 행복했어. 일하는 엄마 옆에서 보행기를 타며 하루 종일 놀이터처럼 미용실을 누비고 다녔단다.

엄마가 일하는 대로 따라다니느라 쿵, 궁금해서 꽝, 돌리고 굴리고 너의 하루는 보행기 타는 아기 선수 같았어. 어쩜 그리도 똑똑하게 혼자 잘 놀던지. 그렇게 혼자 내 옆에서 놀던 네가 누린 혜택이라면 '모유 수유'였을 거야. 7개월 동안 먹었어. 배고파 울면 젖을 물리고, 졸려서 칭얼대면 업어서 재우면 그만이었지. 고맙고 미안하고 늘 짠한 마음으로 너를 키웠단다.

영특하게 무럭무럭 자라던 너의 발바닥은 맨발로 달리는 선수 같았단다.

밤이면 아빠랑 둘이서 너의 두 발바닥에 박혀있는 머리카락 뽑는 게 큰 일과였어. 눈물겨운 시간이었지. 보행기 신발이 너무 커서 자꾸만 벗겨졌단다. 고무줄로 칭칭 동여매고 휴지를 채워 신겨도 소용없었어. 넌 너무 어렸거든. 이제 막 백일이 지난 갓난아이였으니 어련했겠니? 발바닥마다 기본 다섯 개는 뽑아야 했어. 그때 내 가슴은 박힌 가시를 빼는 아픔으로 살아야했단다. 참 인생이 서글퍼서 눈물겹더라.

미안한 마음에 외부의 화학적인 건 철저히 차단하려 노력하고 살았어. 웬만한 건 다 방어했어. 아날로그 방식에 무식의 극치를 달린 셈이었지. 내 손에 매니큐어도 안 발랐어. 헤어스프레이 사용도 금했단다. 냄새나는 미용실에서 육아며 생활이며 모두 다 했어. 벗어날 특별한 방법이 없어 가슴을 치며 살아냈단다. 독한 냄새에 너의 뇌가 걱정되어 전문가에게 상담도 해봤어. 환기라도 자주 시키라는 말밖엔 뾰족한 대안이 없대서 애면

삼신할머니의 빽만 믿었단다. 어른들이 말씀하셨거든.

'애기가 태어나면 열 살까지는 삼신할머니가 지켜준다'

엄마의 성격이 방어적이고 까칠한 건 너를 키우며 몸에 밴 현상이란다. 변명 같지만 사실이야. 엄마라면 다 그리 변할 수밖에 없었을 거야. 어떠한 환경이라도 저마다의 생각으로 아이를 키워내는 이 땅의 엄마는 위대한 존재임에 틀림없어.

7. 백마 탄 왕자는 오지 않아

근대 이전 유럽에는 작은 나라들이 많았다. 작은 나라에 왕자들이 많으면 좁은 영토에 국력이 약해져 문제가 생긴다. 맏이를 제외한 다른 왕자들은 스스로 알아서 인생을 개척해야 했다. 장남으로 태어나지 않았어도 왕이 되는 확실한 방법은 이웃 나라 외동 공주와 결혼하는 것이었다. 공주가 자신에게 한눈에 반할 수 있도록 현란한 말솜씨와 에티켓, 기사도가 몸에 배도록 수련해야 했다……. 잠자는 숲속의 공주가 100년 동안 이를 닦지 않아 입 냄새가 심하게 나도…… 알고 보니 백마 탄 백수. 아아, 슬프지만 이것이 바로 백마 탄 왕자 프린스 차밍의 정체였다.

- 〈백마 탄 왕자들은 왜 그렇게 떠돌아다닐까〉 중 -

동화책에 백마 탄 왕자가 공주를 현혹하던 장면이 나올 때는 가슴도 설렜었는데, 백마 탄 왕자는 근사해 보일 뿐, 사실은 떠돌아다니는 백수였다고 책에서는 꼬집는구나.

어른들은 허우대가 멀쩡하면 실속 없다고 치부했어. 키 큰 남자는 싱겁다고 했단다. 훤칠한 키에 백마를 타야지 뽀대가 날 텐데, 왜 어른들은 그리 판단했을까?

'잘생긴 거지는 없다'고 하더니, 속뜻이 따로 있는 것일까?

요즘은 남자의 외모를 첫째로 여기는 걸 보면, 현명한 딸들은 이미 알고 있는 걸까?

'보기 좋은 떡이 먹기도 좋다.'는 말처럼 외모가 준수하면 정말 실속있을까?

백마 탄 왕자의 안장에 앉아 허세라도 부리면 행복할까?

동화처럼 꿈이라도 꾸고 싶은데, 그런 왕자가 떠돌아다니는 백수라니 말도 안 되는 소리지?

스펙을 쌓고 똑똑한 건 기본인 시대에 살고 있는,

그래서 눈높이도 하늘을 찌르는 시대에 살고 있는 딸아!

"엄마의 사윗감은 이랬으면 좋겠어."

-"걱정하지 마. 그래도 아빠보다는 나을 거니까."

구구절절 늘어놓는 내게 불만 섞인 말투로 쏘아붙였었지? 제발 그래라 딸아, 엄마의 소원이다.

어느 강사의 말처럼 백마 탄 왕자는 말 타다가 떨어져 죽은

지 오래라던데, 그 왕자가 돌아다니기만 하는 백수였다는데, 설마 딸이 찾는 남자가 백마라도 타고 나타나리라 기대하는 건 아니겠지? 날이 갈수록 예쁜 딸들의 남성상은 눈이 눈썹 위에 달렸는지, 조건은 까다롭고 커트라인은 자꾸 높아지지.

흔히 요즘 너희가 말하는 남자를 보는 기준이라더라. 정말 그런지 봐봐.

얼굴도 잘생긴 남자가 키는 모델급이어야 하고, 초콜릿 복근은 당연히 갖춰야 한다더라.

똑똑한 건 기본이면서 잘난 척은 절대 금지래. 게다가 겸손까지 하라네. 아는 것도 친절하고 자상하게 설명해야지 잘난 척하면 빵점짜리 남자라더라. 또 바람기는 절대 없어야 한대.

요즘 딸들은 유머가 없는 남자랑은 못 산다네. 차 없이도 못 산다 하고. 말 센스는 수준급 이상이어야 대화가 통한다나 봐. 패션 감각도 기본은 갖춰야 폼나게 함께 다닌다는구나.

완전 다 갖춰야 하는 이 남자 도대체 잠잘 시간은 있을까?

내면과 외면을 두루 겸비한 완벽한 남자. 세상에 이런 남자가 정말 있다면, 그 남자 피곤해서 만수무강할 수 있을지 걱정이다. 딸아, 너라면 가능하겠니?

몇 해 전에 들었던 고객님의 경험담에서 화려한 싱글들이 넘쳐나는 이유가 심각하다는 걸 알았어. 49살 총각이 늦은 나이에 어른들이 주선한 소개팅을 나갔는데, 아주 기분 잡쳤다며 해준 이야기야. 가뜩이나 벌어 놓은 게 없어 주눅 들어 나갔는데, 상대방에서 감정 섞인 투로 묻더란다.

"돈 벌어 다 어디다 쓰고, 아무 것도 없다는 거예요?"
-"먹고 쓰고 생활하다 보니 남는 게 없더라구요."
뻘쭘하게 답하고 나니, 울화가 치밀어 오르더란다. 그래서 되물었더니, 여자의 답이 기가 막히더래.
"그러는 댁은 돈 벌어 뭐 했습니까?"
-"저는 해외여행 다니고, 운동하고 자기 계발하는데 썼어요."

울그락불그락 잔뜩 화난 얼굴로 소개팅 설을 늘어놓는데, 듣는 나도 어처구니가 없더라. 좋은 시절을 다 보내고, 화려한 싱글로 사는 안타까운 모습을 옆에서 지켜보는 기분이었어. 덕분에 나도 사윗감에 대한 기대치를 좀 낮춰야겠다는 생각을 했지. 너희가 말하는 다 갖춘 남자가 세상 어딘가에 있겠지만, 내 사람이 될 확률은 희박할 테니 더 늙기 전에 마음을 비우는 쪽이 빠르겠다 싶었어.

딸은 아직 못 만난 거지?

찾아 헤매는 중이라고?

설마 아직 못 만났다고 착각하고 있는 건 아니겠지?

눈 닦고 찾아 헤매면 언젠가는 나타날 거라고?

그때까지 기다리겠다는 거지?

그런 남자가 정말 있을까? 있어도 몇 안 될걸.

그럼 딸의 나이는 몇 살? 어이쿠야, 30대가 후딱 가버리겠네. 어영부영 또 한 해 금방 지날테고, 선택의 폭이 자꾸 좁아지겠네. 열아홉 순정이라면 얼마든지 기다릴 텐데, 엄마가 진짜 사윗감 이상형을 접어야 할까? 나도 나름 계획이 있는데, 어쩌면 좋니?

딸아, 엄마는 백마라도 타는 양 흉내만 내는 남자는 더 싫다.

식당 메뉴판에 '아무거나'라는 종류가 있더라. 결정 장애가 있는 사람이 얼마나 많은지 좋은 예라고 했어. 결혼도 그중 하나가 아닌지 모르겠네.

우선 나를 알면 상대를 선택하는데 좀 수월할 텐데, 자신의 기준이 명확해야겠더라. 사실 나도 나를 잘 모른 채 결혼이라는 걸 했어. 결과는 뻔하지 않았겠니? 나를 깊이 들여다보고 성찰하는 시간을 가질 생각도 못했어. 상대를 모른다는 건 나의 깊이도 잘 모른다는 뜻일 거야.

딸아!

백마 탄 왕자는 떨어져 죽고 없대. 그러니까 매력이 넘치게 끌리는 사람으로 살아. 준비가 되어 있으면 너에게 딱 맞는 찰떡같은 남자가 다가올 거야. 시절 인연은 누구에게나 있단다. 다만 좀 일찍 찾아오고 좀 더디 오는 것뿐이래. 만날 사람은 반드시 만나게 되어 있으니 하늘이 주신 인연을 알아보는 안목을 키우면 좋겠구나.

8. 네가 좋은 사람을 만났으면 좋겠어

여자가 처음으로 사랑을 할 때는 연인을 사랑하고,
두 번째 사랑을 할 때는 사랑 그 자체를 사랑한단다.

- 프랑수아 드 라로슈푸코 -

딸아, 사랑은 교류의 감정이래. 혼자만의 일방적인 감정으로 행복은 오래가지 않아. 때론 그런 사랑을 꿈꿀 수 있겠지만, 순수한 짝사랑은 사춘기 때 이미 졸업한 거야. 일방적인 사랑은 주지도 받지도 마라. 이성과의 사랑은 무게가 동일해야 문제가 없어. 어느 한 쪽이 양보하거나 일방적인 사랑은 결국엔 상처로 남기 마련이야. 사랑만 해도 모자랄 시간에 감정 낭비는 하지 마라. 사랑하는 마음은 생각만 해도 행복이 몽글몽글 피어나는 거란다.

사랑에 인색한 딸아!
사랑을 하려거든 네 안의 사랑부터 점검해 봐. 유유상종이라잖아. 네가 사랑이 많으면 사랑으로 충만한 사람이 올 거야. 진심은 통하는 법이란다.

아름다운 사람 곁에 삭막한 사람이 머물기엔 어울리지 않아서 범접도 못할 거야. 친구를 챙기듯 하고, 가족을 위하듯 하면 다른 사람을 사랑하는 게 좀 쉽지 않을까? 아니면 반려동물 바라보듯 마음을 내어줘 봐. 주위를 돌아보는 마음에서 사랑은 시작된단다. 보이는 게 마음이고 사랑이야. 마음이 보여야지 관심이 있어 보인단다. 사랑을 내어줄 생각도 않고 있다면 사랑을 한번 점검해 봐야 할 거야.

사랑받는 여자가 되고 싶거든 네 안에 사랑을 가득 채우는 것부터 해. 너는 사랑 받기 위해 태어났단다. 노랫말처럼 말야.

당신은 사랑 받기 위해 태어난 사람
당신의 삶 속에서 그 사랑 받고 있지요.

딸아, 지혜와 복, 덕을 두루 갖춘 남자, 사랑이 충만한 남자, 그런 남자 어디 가서 찾을까?
엄마는 네가 그런 남자를 만나서 사랑받고 살았으면 좋겠어. 지혜롭고 현명해서 예의도 바른 남자, 덕이 많아서 사랑도 많은 남자, 사랑을 줄 줄 알고 받을 줄 아는 그런 남자를 만났으면 좋겠다. 네가 충분히 사랑이 가득하다면 가능할 거야. 사랑 받기 위해 태어난 우리 딸은 좋은 사람을 났으면 좋겠어.

연애는 사랑을 배워가는 과정이라서 만날 때는 가벼운 의미 겠지? 단순한 만남이 결혼으로 이어진다면 어떨까? 신중해야겠 지? 작은 만남도 기준이 있어야겠더라.

딸이 사랑하는 남자는 적어도 사랑이 많은 사람이었으면 좋 겠어. 자신을 사랑할 줄 아는 남자라야 너를 소중하게 여긴단 다. 마인드 컨트롤이 자유로운 사람이면 감정 조절도 잘하는 사 람일 테지. 시시비비에 따라 감정 기복이 심하다면 늘 눈치를 살피게 되고, 소심해서 당당함이 덜 하겠지. 매사에 부정적인 단어를 많이 쓰는 사람도 가려서 봤으면 좋겠다.

자신을 비하하는 사람이나 자신에 대한 긍지가 없는 사람도 미래가 어두워서 곤란해. 술에 취해 죄 없는 벽을 치고 강한 척 하는 남자라면 아예 곁에도 가지마라. 과거 집착형 남자는 함 께 미래를 설계하기에 적합한 사람이 아니란다. 진취적인 사람 이라야 엎어지고 깨지더라도 다시 일어날 용기가 있지. 한때 잘 나갔던 시간에 멈춰 있고, 희망적이지 않은 사람은 상대를 지쳐 버리게 만들어. 자신을 사랑할 줄 아는 사람이 사랑의 소중함도 안단다.

딸아, 이 정도 기준에 걸맞는 사람이 어딨냐고 했지? 멋지고 훌륭한 남자는 수두룩하게 많단다. 그러니 소중한 시간을 허비하지 마라. 사랑을 할 때는 눈을 크게 뜨고 살펴야 해. 사랑에 눈이 멀면 한쪽 눈을 감은 채 상대를 이해하려고 애써 노력하는 경향이 있어. 만약 그렇다면 그건 착각이란다. 사람의 본성을 바꾸기란 그리 쉽지 않아. 자라면서 받은 영향 때문에 인생이 변하니까 환경도 중요하더라. 결핍마저도 희망으로 바꿔가려면 사랑이 많은 사람이라야 해.

사랑을 하면 또 망각하는 게 있어. 남자가 나만 바라볼 거라는 욕심이란다. 혹시라도 있다면 당장 버려야 해. 심하면 집착이 생기고 스스로를 옭아매는 병이 된단다. 둘이 하나가 되려면 이해심이 많이 필요할 거야. 서로 믿음을 키우고 성숙하려면 무단히 노력하는 게 최선이란다.

사랑은 때로 도망자 같아서 다가가면 멀어지는 습성이 있어. 흔히들 고무줄처럼 당겼다 놓았다 하라잖아. 계속 당기기만 하면 팽팽하게 끊어질 일만 남겠지. 가슴 뛰는 사랑에는 심장에 부담을 주지 않는 기술이 반드시 필요하다는 걸 기억했으면 좋겠다.

딸아, 거듭 말하는 건 남자의 속성에 지쳐서 하는 말일 거야.

참고하면 더 좋겠어.

게임에 빠져서 운동도 안 하는 남자, 일거수일투족을 밝혀내려 집요하게 묻는 남자, 여자에게 매사에 의지하려는 남자, 의기소침한 남자, 너와의 약속을 우습게 여기는 남자, 자기 생각을 제대로 표현도 못하는 남자, 무조건 성질부터 내고 보는 남자. 자기 고집만 앞세우는 남자, 지나치게 타인을 의식하는 남자, 명품만 좋아하는 남자, 책과는 담 쌓고 사는 남자, TV리모컨만 들고 사는 남자, 남과 비교를 무의식적으로 하는 남자, 날마다 술에 의존하는 남자. 육두문자를 밥 먹듯 쓰는 남자, 이런 남자는 불행을 자처하고 사는 남자란다.

스스로를 갉아먹는 찌질한 의식을 가진 남자는 주위를 파괴하는 성질도 있단다. 그런 남자는 함께 하기에 잠시라도 시간이 아깝다. 쨍하고 해 뜰 날보다 구름에 가려진 날이 더 많아서 비가 올 날도 많아. 결혼 생활에서 부딪힘을 자처하는 남자들의 특징이란다. 때로는 의욕에 넘쳐서 남자다워 보일지라도, 가정을 일구고 살기엔 앞날이 막막할 거야. 나쁜 남자를 강인한 남자로 착각하지마라. 그런 기미가 보이는 남자는 일찌감치 접는 게 나을 거야.

딸아, 옆에 있으면 마음이 훈훈해지는 남자를 눈여겨보렴.
배려심이 깊고 나눔을 실천하고 사는 남자는 주위에 많아.

마음 씀씀이가 자상하고 신뢰할 수 있는 남자는 뭘 해도 믿음
직할 거야. 생각만 해도 존경심이 생기고 따르게 되고 함께하
고 싶어지는 사람을 만나렴. 서로 존경하는 마음이 있어야 신뢰
하게 되고, 어려움이 생겨도 이겨낼 수 있단다. 태생은 쉽게 변
하지 않는다는 사실 때문에 남자는 신중히 선택해야 해. 그것이
곧 너의 삶이 되기 때문이란다.

외롭다고 남자를 만나서는 더더욱 안 된다. 혼과 혼의 만남
이 결혼이야. 마음의 크기도 반드시 확인해야 한다. 속 좁은 남
자를 밴댕이 소갈딱지만 하다더라. 좁아도 너무 좁아서 대화가
안 될 때 비교하는 말이지. 어깨가 넓다고 가슴 속까지 넓지 않
으니 이해심이 적은 남자는 가까이 가지도 마라. 혹시라도 사귀
는 동안 속 좁게 굴면 망설이지 말고 정리하렴.

딸아! 넌 그랬으면 좋겠어.
소중한 너의 청춘을 함께 할 사람, 너의 꿈을 지지하고 응원
해 줄 남자를 만났으면 좋겠다.

9. 사람에게는 두 개의 날개가

우산장수와 짚신장수 이야기를 알고 있니? 두 아들을 두고 근심 걱정이 끊이지 않던 어느 어머니의 이야기야. 효자였던 형제는 우산을 팔고 짚신을 팔아서 생활을 했단다. 비가 오면 짚신장수 아들이 장사가 안돼서 걱정, 날이 좋으면 우산장수 아들의 우산이 안 팔릴세라 걱정. 그 어머니 마음은 하루도 마음 편할 날 없이 걱정하며 살았다는구나. 자식 걱정으로 평생을 다한다 해도 과언이 아닐 텐데, 어찌 편히 살았겠니? 그런데 이 어머니가 어느 날부터 마음을 바꿔 먹었다는구나.

비가 오면 우산이 잘 팔리겠다는 생각으로 좋아하고, 해가 뜨면 짚신이 잘 팔릴 거라는 생각으로 행복해했단다. 그때부터 날마다 싱글벙글 기뻐하며 잘 먹고 잘 살았다는 이야기야.

생각을 바꿨을 뿐, 상황은 똑같았단다. 행복은 유연하게 균형을 이룰 때, 찾아온대. 그렇다면 생각은 조절하기 나름이겠지?

행복을 꿈꾸는 딸아!

학생 때는 공부를 잘하고 싶었지만, 마음처럼 잘 되지 않아서 문제였잖아. 또한 누구나 잘 살기를 소원하지만 사는 것도 천차만별이란다. 음과 양으로 돌아가는 세상 만물의 이치가 다 그렇게 두 개의 날개로 구성되어 있어서라네.

사랑함에도 불구하고 미움이 불쑥불쑥 튀어나왔던 이유가 그 때문이었어. 미세하게 도사리는 변화무쌍한 감정을 다스리지 못하고 살면 뜻하지 않게 인생이 흘러가고, 행복은 흔적도 없이 사라져 버려. 그리고 곧바로 짝꿍처럼 따라다니던 불행이 자리를 차지한단다.

감정이란 녀석은 기준이라는 저울 위에서 제멋대로 놀아났어. 본심은 사라지고 기분에 휩싸여 조절해야겠다는 생각도 못한단다. 행복의 척도는 수시로 점검해야지, 방심은 금물이야. 세상의 이치를 놓치고 살까 봐, 행복과 불행이 넘나들면서 지켜보고 있나 보더라. 엄마도 사랑에 빠져있을 땐 몰랐어. 아빠 없이 15년 세월을 보내게 될 줄 상상도 못했단다. 믿음으로 이어진 행복의 교량에 금이 갈 거라고 누가 생각이나 했겠니?

불행이란 놈이 행복과 단짝처럼 붙어 다니면서 사랑을 시샘한다는 걸 미처 몰랐어. 불행의 터널이 그토록 길고도 험한 줄 누가 알겠어. 믿음이 사라지면 불신뿐이고, 서로의 가슴은 시커

멓게 타고 만신창이가 되어 너덜너덜 누더기가 되는 게 불행의 흔적이란다.

딸아, 더 힘든 건 다시 회복하려는 마음이야. 금이 간 상처는 때워도 흔적이 가시질 않아. 몇 배의 노력에도 헛수고란다. 그 전에 사랑의 온도가 식어버리면 포기하는 경우도 많아. 사랑과 행복은 그저 공짜로 눌러앉아 있는 게 아니더라. 무언의 날개를 달고 수시로 두 사람 주위를 맴돌며 체크 한단다. 죽기 살기로 노력해도 행복은 현상 유지를 할까 말까야.

사람 사이에도 규칙이란 게 있잖아. 가벼운 것임에도 조금만 벗어나면 매너도 없는 사람이라고 몰아세우고, 예기치 않게 곤경에 빠지기도 하지. 홍수처럼 넘쳐나는 정보도 좋든 싫든 받아들이기도 하고, 아닐 수도 있어. 유연함이 필요한 경우는 주위에 널렸어. 물건을 사도록 권유받거나, 신상이라며 강요해서 난처할 때도 많아. 제안을 거절하기 어려워하는 엄마는 열심히 듣고 있단다. 그러다 보니 귀가 얇아서 당하기 딱 쉬운 사람이라고, 딸이 보기에 그런 엄마가 항상 걱정인가 보더라.

딸아, 정보에 약하면 왠지 바보 같지?
똑똑한 인간에게 당할까 봐 걱정되는 거지?

'세상은 왜 그래?'
'사랑은 또 왜 이래?'

나훈아처럼 나도 소크라테스 오라버니에게 소리 높여 묻고 싶어. 순수함은 바보 취급당하고, 자기만의 개성은 존중받기보다 시대에 뒤쳐진다고 뒷전이니, 살아갈수록 의문투성이야. 단순한데다가 유독 변화를 싫어하는 성격이라 외면할 수만 있다면 도망치고 싶어.

쉬우면서도 어려운 게 '말'이라잖아. 말을 할 때도 양면성이 있더라. 말은 이쁘게 한다고 다가 아니야. 말을 만들어놓고 주고받는 과정에서 예의를 갖추란다. 작정하고 말만 하지 말라네. 입은 하나요, 귀가 둘인 이유가 말하기보다 듣기를 두 배로 많이 하라는 뜻이 담겨있다는구나. 덩그러니 달려있는 두 개의 귀에 그렇게나 심오한 뜻이 있었다니 놀라울 일이지?
경청을 잘하는 사람이 대화를 잘하는 사람이라더라. 요즘엔 말하려는 사람은 많은데, 들으려는 사람이 없대. 들어도 반박을 하기 위해 듣는 척하는 거라네.

남의 말을 들을 때, 귀로 들어야 하는 건 단순한 이치라 인격적인 자세를 갖추어야 해. 말하는 사람의 본의를 파악하려면 눈으로 들을 수 있어야 하고, 그 배경에 어떤 것이 있는지 알아내려면 머리로도 들어야해. 입으로 들어야 하는 건 상대방의 말에 호응한다는 의미로 반드시 필요한 태도지. 귀로, 눈으로, 머리로, 마음으로 들어야 그 사람의 감정과 입장을 충분히 이해하고 공감할 수 있다니, 어리석음을 범하지 않으려면 정성을 다해 들어야겠어.

그러고 보니 엄마도 늘 말만 하려고 애를 썼나 봐. 들어줄 마음의 여유도 없었을 뿐더러 대화의 방법도 잘 몰랐어. 아빠와의 대화에도 내 잣대만 들이댔단다. 대화를 한 게 아니라 싸우자고 덤빈 셈이지. 마음으로 듣지 않고, 아빠의 감정과 입장을 이해 못 하고, 말로 상처주고 몰아세웠어. 가족이라고 너무 쉽게 여겼어. 말만 하고 듣지는 않았단다. 상대방을 헤아리지 못한 대가를 톡톡히 치른 셈일까? 지금도 여전히 편하다는 이유로 입에서 말이 쉽게 튀어나와 깜짝깜짝 놀라지만, 그래도 이제는 그런 나를 알아차리고 조금은 거를 줄 아니까 다행이야.

돈도 있는가 하면 쪼달리고, 행복하다 싶으면 도망가 버리고, 잘해볼까 하면 속을 뒤집어 놓지. 그런 게 인생인가 봐. 흔들리거나 쏠리지 않으려면 마음의 중심을 잡고 균형을 유지하는 게 무엇보다 중요해. 아니면 나 같은 시행착오를 겪을 지도 모른단다.

10. 결혼은 긴 여행이란다

결혼에서 성공이란, 단순히 올바른 상대를 찾음으로써 오는
게 아니라
올바른 상대가 됨으로써 온다.

- 브리크너 -

결혼이란 붓을 들고 무엇을 그려야 할지 고민하고 방황하던
시간이 없었다면 거짓말이지.

말해 뭐해. 쏜 화살처럼 사랑은 지나버렸고, 추억들은 눈이
부시면서도 슬펐던 행복이야.

'아모르파티' 노랫말에 우리 인생이 다 함축되어 있다는 생
각을 하며 노래를 흥얼거려 봤어.

연애는 필수지만 결혼은 선택이라고 자신 있게 노래하는 세
상에 결혼 얘기를 하자니, 다녀온 여행지를 덤덤하게 한 바퀴
휘익 돌아볼 요량으로 다시 떠나는 기분이야.

열정적이고 낭만적인 사랑이 시들기 시작하는 건 언제부터일까?

그토록 수행하는 기분으로 살게 하는 이유는 무엇 때문이었을까?

〈결혼학 개론〉의 밸린다 루스콤은 '익숙함'에서 시작되고, '편안함' 때문에 '부딪힘'이 생긴다네. 서로 다른 환경에서 자란 두 사람이 같은 공간에서 생활한다면 얼마나 많은 충돌이 일어날까? 결혼도 안 해 본 딸은 막연하기만 하겠지? 사랑이 시들기 전에는 아무것도 몰라. 사랑에 눈이 멀면 보이지도 않거든. 그러니까 결혼은 착각해서 하는 거라고 하겠지. 무작정 떠났던 여행지에서 의외의 맛집을 만나 오래도록 기억에 남는 것처럼, 결혼도 마냥 낭만적이지는 않지만, 그래도 여행이라고 생각하면 한 번쯤 떠나볼 만하다고 말해주고 싶네.

스무 살 때, 너희 둘이 처음으로 배낭여행을 떠났을 때를 생각해 봐. 미지의 세계에 대한 설렘과 두려움이 얼마나 컸었는지. 언어 소통은 안 되지, 둘 사이는 원만하지 않지, 말도 않고 돌아다니기만 했다지? 그래도 뉴질랜드의 드넓은 청정지역의 평온함을 보고 넓은 세계를 보았다며 행복해했잖아. 그 이후로 해외여행을 문턱 드나들 듯 우습게 여기고 다니지 않았니? 여행에도 나름의 묘미가 있듯이 결혼이라는 여행에도 산전수전

공중전까지 겪게 되는 곡예사가 있어서 해볼 만하단다,

　사랑 없인 못 살 것 같지만, 정으로도 살고 의리로도 살아가지. 오락가락 하는 마음을 붙잡지는 못하지만, 그 변화에 놀라고 실망하고 후회하고 적응하면서 성숙해가는 거란다. 때로는 존중이라는 열매가 있어서 단단하게 영글어 가기도 해. 두 사람 모두에게 어른이 되어가는 과정은 강렬한 여름의 태양보다도 뜨겁게 이글거리는 시간을 보내게 될지도 몰라. 열정적인 사랑 외에도 다분히 많은 것들이 동행하게 된단다. 결혼이라는 인생의 불모지는 희로애락이 모두 담겨있는 긴 여행과도 같아. 나무에 달린 과일도 모진 풍파를 겪은 것들이 당도가 더 좋다잖아. 피하지 않고 겪어내면 빈정 상했던 일상들까지 고스란히 아름답게 여겨질 테니 일단 한번 떠나보는 거야.

　'너희 집은 그렇더라', '너도 그랬잖아', '또, 잔소리!'
　보통의 대화가 감정을 자극하고 작은 것에서 꼬투리 잡고 비수를 꽂고 시작하지. 부부만큼 서로에게 치명적으로 공격할 수 있는 관계가 또 있을까 싶어. 양말을 뒤집어 놓는다고 짜증이지, 치약을 잘 좀 짜라 투덜대지, 변기에 물이 튄다고 잔소리하지. 언제나 사소한 게 문제란다. 상대의 피눈물은 안 보려고 해. 그래야 무시당한 것에 대한 복수를 한다고 여기나 봐. 인정받고 싶은데, 너무 익숙해서 외면한다네. 이미 내 것이 됐다고 또 착각하는 거지.

어쩌면 남자보다 여자는 더 존중받고 싶어서 사사건건 참견할지도 몰라. 안중에도 없는 남자가 야속해서 오히려 더 앙탈을 부리지. 무심한 남자는 그렇게 배워서이기도 하지만, 태생이라네. 남자는 우월하다 버티고 여자는 혼자 하는 걸 억울해하고, 습관적으로 무한 반복하다가 오히려 역공을 당하기도 한단다. 살다 보면 서로 다른 방법으로 말을 하고 있으니, 오래 살아도 부부 사이는 풀리지 않는 수수께끼야.

부부싸움을 해결하지 못하고 반복하는 이유는 진정으로 이해하려 하지 않기 때문이래. 윽박지르고 목소리만 크면 이기는 줄 알아. 말을 하면 마음으로 듣지 않고, 기술이 필요함에도 서로 잘났다고 착각하는 건, 어쩌면 결혼을 통해 자신의 가치가 높아질 거라고, 기대했던 탓도 있을 거야.

결혼할 준비가 되었다는 건 상대를 사랑하는 마음에다 나와 인연을 맺은 모든 것들을 철저히 책임지겠다는 마음가짐을 가지는 거래. 〈스님의 주례사〉에서 법륜 스님은 상대에게 덕보려 하지 말고 베풀기를 각오하래. 부부 사이의 문제 해결과 행복을 만드는 주체는 배우자가 아닌 자기 자신이므로 삶의 문제는 스스로 해결하려는 자세를 가지라네.

행복은 결혼을 한다고 저절로 오지 않으며 결혼과는 전혀 상관이 없다. 자기 마음대로 살 거면 혼자 살아라. 자식을 낳았으면 책임을 져라. 자식은 부모를 꼭 닮는다. 자신의 싫은 점을 안 닮게 하려거든 변하려고 노력해라. 내가 온전하면 상대에게 기대할 게 없다. 잘 이해하고 도움을 주는 사람으로 살아라. 손해 보는 것이 이익이다.

- 〈스님의 주례사〉에서 -

정말 결혼은 미친 짓일까?
구속하려고 안달인 걸까?
왜 영원하자고 약속하고는 참견이라 불만인 걸까?
완벽한 내가 먼저 된다면 결혼생활은 무탈하고 행복할까?

비교하지 말고 싫어하는 것을 하지 않는 것이 최고의 배려란다. 상대에게 바라는 마음이 생기면 먼저 내가 그런 사람인가 돌아보는 것도 덜 싸우는 비법이래. 다 아는 사실인데 왜 시비를 거는 걸까? 이해가 안 되겠지만, 실컷 싸우다 보면 성장하고 단단해지기도 한단다. 엄마 아빠처럼. 그러니 그 많은 부모들이 아슬아슬하게도 의리를 지키며 살고 있겠지?

여행이 피곤하고 힘든 일이라는 걸 누구나 아는 사실이지만, 또 어디론가 떠나기를 주저하지 않는단다. 사랑도 마찬가지라는 생각이 들어. 실패해도 또 다른 사랑을 찾아 나서니 말야. 굴레일지라도 사랑은 포기하지 않아. 사랑이라는 포탄을 가슴에 안고 스스로 불 속을 향해 뛰어 들어간단다. 사랑은 다시 피어오른 봄날의 새싹처럼 위대하기 짝이 없어.

결혼이라는 긴 여행 중에 갈팡질팡한다면, 한겨울 추위를 이겨내고 다시 싹을 틔워내는 새싹에게 한 수 배우면 좋겠어. 어떻게 그 모진 눈보라의 강풍을 이겨냈느냐고 묻고 또 묻는다면 답이 나올지도 몰라. 그럼 이렇게 답하겠지?

'묵묵히 내 자리 내가 지키고 버텨내다 보면 따스한 봄기운이 나를 피우게 해.'

3부.

어떻게
살아야 할지
막막한 너에게

1. 처음부터 성공한 사람은 아무도 없다

인간이 만들어내는 가장 위대한 발견과 경이로움 중 하나는
할 수 없을 것 같은 두려운 일도 해낼 수 있다는 사실이다.

- 헨리 포드 -

'천 리 길도 한 걸음부터'
크든 작든 모든 일에는 한걸음을 내딛으며 시작하지. 처음부
터 성공을 기대하기보다는 일의 시작이 중요하다는 뜻이 담겨
있단다. 욕심내지 말고 출발해 보는 거야. 시작이 반이니까.

요즘과는 다르게 내가 다녔던 시골 학교의 운동장은 바라만
봐도 위협을 느낄 만큼 대단히 넓었어. 그 넓은 운동장에서 100
미터 달리기라도 하는 날엔 심장이 먼저 두방망이질을 했단다.
체육 시간에 달리기 시합은 어떤 수업보다 도전정신을 유발하
는 기본 과제였을 거야.
출발! 이라는 신호에 맞춰 같은 선상에 선 친구들은 앞서거

니 뒤서거니 젖 먹던 힘을 다해 결승선까지 달렸단다. 일등을 하건 꼴찌를 하건 무조건 뛰었어.

꼴찌라도 하면 창피해서 어쩌나. 넘어지는 건 아니겠지? 시작도 하기 전에 두려움부터 몰려왔지만, 결과는 모두 성공적이었단다. 때론 발이 꼬여 넘어지는 친구도 있었지만, 벌떡 일어나서 다시 뛰었어. 시작 전의 두려움은 괜한 염려일 뿐, 골인 지점에 어떻게라도 도달한단다. 벌떡 일어나서 다시 뛰던 친구에게 박수로 응원했던 기억이 생생하네.

시작하는 데 의미를 둔다면, 두려움 때문에 망설이기만 하는 오류는 범하지 않을 거야. 일도 마찬가지란다. 처음부터 성공하는 사람은 아무도 없어. 있어도 좋은 경험을 얻은 정도겠지.

37년 동안 미용을 한 나는 어땠을까? 처음부터 머리를 잘 만지는 프로였을까? 절대로 그렇지 않아. 꾸지람도 듣고 면박도 당하고 곤욕스러움도 많이 겪었단다. 처음부터 성공한 사람이 없었던 것처럼 나도 그랬어.

미용을 시작하고 처음 얼마간은 손님 뒤에만 가도 벌벌 떨었어. 그랬던 내가 시간이 가면서 창대해질 거라는 믿음 하나로 버텼더니 우뚝 서게 되더라. 시간이 약이었어. 두렵고 힘들었던 과정을 이겨내지 않았다면 오늘의 나는 없었을 거야.

눈물겨운 스텝 시절도 지나가더라. 얼마나 난감한 일이 많았는지 몰라. 정말 울고 싶을 때가 한두 번이 아니었어. 미용인이라면 롤빗에 머리카락이 엉켜서 난처했던 경험이 없다면 거짓말일 거야. 조심조심 풀어보려고 애를 쓰면 쓸수록 엉망이 되었지. 얼굴이 붉어지고 온몸엔 식은땀 범벅이었어. 초보 시절 난감한 상황은 종종 있는 일이야. 뽀글이 파마를 했는데, 중간에 약이 빠져서 축 늘어져 버린 어설픈 경험도 한 번쯤은 있을 거다. 그럴 땐 나도 미용이고 뭐고 다 집어치우고 싶었단다.

"미스 손아! 넌 학원도 안 나왔니?"

대놓고 면박을 주는 선생님도 있었단다. 차라리 방법이 잘못되어 맘에 안 들면 수정법이라도 가르쳐 주면 쉬웠을 텐데, 스스로 깨우치고 터득해야만 했어. 기술은 하루아침에 연마하는 게 아니라고 무언의 가르침을 주더구나. 결국은 시간이 가고 죽어라 노력하는 것만이 살아남는 길이었어. 버텨내는 게 성공이더라. 성공을 너무 크게 생각하면 아무것도 못해. 도전해 보기 전엔 무엇을 잘 할 수 있을지 모를 일이야. 가다 보면 길이 보이고 좋은 방법도 생기기 마련이란다.

오늘은 서툴러도 내일은 당당하게 일하고 싶은 딸들에게 귀감이 되는 글을 쓴 유인경의 〈내일도 출근하는 딸에게〉에 이런 문구로 충고하는데 인상적이라 옮겨 본다. 딸도 날마다 똑같은 일상에 성공과는 거리가 멀어 지쳐있다면 한 번쯤 읽어 보면 좋겠더라.

"몇 살을 살았던 새로 맞이한 오늘은 처음 살아보는 날이기 때문에 모든 게 어색하고 실수할 수 있다"

"남들보다 빨리 오르기 위해 개인기에 치중하는 여왕보다는, 어떤 어려움에도 흔들리지 않는 자존감과 타인을 배려하는 자세가 몸에 배어있는 여신을 꿈꿔라"

나와 같은 길을 가겠다고 결심하고 30년 뒤에서 따라오고 있는 딸아!

눈만 뜨면 새로운 날을 맞이하고 있음을 기억하란다. 어제는 좀 부족했지만, 고맙게도 우리에겐 새로운 오늘이 또 와준다고 말하네. 그런 면에서 미용은 장점이 참 많은 직업이란다. 날마다 새로운 날이 오듯이 새로운 모델이 찾아오기 때문이지. 그러니까 실수할 수도 있어. 만들어 낸 작품이 아쉬워서 떨고 있을 필요도 없어. 처음이니까. 다시 용기 내어 하면 된단다.

영상에서 도움을 받고, 교육을 통해 보강하고, 성장해가는 자세는 지금도 충분히 잘하고 있는 거야. 수시로 마네킹 머리로 연구하는 너를 지켜보면서 내내 흐뭇했어. 의기소침해 있을 시간에 부족한 걸 채워가는 너의 근성은 이미 프로 정신으로 똘똘 뭉쳐있더라.

처음부터 잘하는 사람은 아무도 없어. 보고 또 보고 반복하다 보면 훌쩍 앞서있는 너를 발견하게 될 거야. 성공한 모든 사람은 그렇게 나아갔단다.

인생이 한방이라면 끝내주게 잘해볼 텐데, 실컷 놀다가 지겨우면 그때 시작해도 늦지 않을 텐데, 억울하게도 인생은 한방으로 끝나는 게 아니더라. 그것이 인생의 사는 맛을 더하기도 했어. 발명의 왕 에디슨도 한방은 아니었다는구나. 실패하고 실패하고 실패했지만, 포기하지 않은 결과로 전기를 발명했대. 대단한 위인들도 처음부터 성공하지 않았다니 오히려 위로가 되지 않니?

어쩌면 신의 선택이 현명했는지도 몰라. 누구에게나 시간이라는 '기회'를 주고, 공평하게 평등하게 만들어 놨잖아. 처음부터 성공해 버린다면 도전의 묘미도 없을 테고 사는 맛은 더 없겠지. 포기하지 않고 다시 시작할 용기만 있으면 돼. 원하는 만큼의 성공은 반드시 얻게 될 테니까.

2. 생각은 가장 소중한 선물이다

우리가 무엇을 생각하느냐는 우리가 어떤 사람이냐를 결정
한다.
우리가 어떤 사람이냐는 우리가 무엇을 하느냐를 결정한다.
인간의 행동은 인간의 사고를 가장 잘 보여준다.

- 존 로크 -

딸이 건축학과에 합격하던 날이었어. 덩실덩실 춤이라도 출
것 같은 기분이었지. 합격 기념으로 예쁜 옷을 사줄 생각에 딸
이랑 할인 매장을 가던 중에 있었던 일이란다. 앞에 보이는 건
물이 그날따라 유난히 근사해 보이더라. 그래서 딸에게 물었지.
"딸! 저 건물 근사하지? 어떻게 저런 디자인이 나왔을까?"
"모르지, 내가 어떻게 알아!"
역시나 넌 그날도 답이 짧았어. 한치의 머뭇거림도 없이 쿨
하게 답하는 딸이어서 놀라웠단다.

딸의 대학 합격에 내가 몇 배는 더 흥분했을 거야. 그만큼 염려도 많았어. 넌 언제나 단답형으로 말하는 아이였거든. 그래서 너의 속내를 알기란 쉽지 않았단다. 도무지 무슨 생각을 하고 사는지 알 수가 없었어. 오죽했으면 'Yes or No'라는 별명을 붙여줬겠니? 그런 네가 생활의 안식처로 기본이 되는 건축 설계를 전공하겠다더구나. 집이라면 생각이 머무는 곳일 텐데, 딸의 단답형 성격으로 가능할까 싶었어.

네가 설계의 꿈을 꾸기 시작한 건 초등학교 3학년 때부터였을 거야. 생각의 크기를 키워주려고 참 많은 시도를 했단다. 하지만 너에게서 생각을 끄집어내는 일은 쉽지 않았어. 너의 태생이려니 하고 받아들여야 했지. 어릴 때부터 넌 책 읽기를 참 좋아했단다. 독서의 양으로 생각의 크기를 측정한다면 이미 차고 넘치는 아이였어. 그렇지만 무언가를 물어보면 생각이라곤 없는 아이처럼 돌아오는 답은 언제나 '응', '아니' 뿐이었단다. 너의 짧은 대답은 늘 나의 고민이었어.

똑똑하게 잘 자라준 딸아!
근본적인 이유가 뭐라고 생각하니? 무엇이 너로 하여금 짧은 답을 하게 한 걸까?
문제가 될 만한 계기라도 있었니? 아니면 대화 부족이 낳은 부작용인 걸까?

입학하고 첫 번째 과제를 선정하면서 암담해 하던 너의 모습은 보기에도 딱하더라. 일상 속에서 과제물을 찾으라는데 그게 큰 벽이었나 봐. 얼떨결에 '양파'를 선택했던 건 단조로운 우리의 생활도 한몫했을 거야. 1학기 내내 양파와 결투를 벌이는 모습이 얼마나 안쓰러웠는지 모른단다. 양파의 단면도를 그리고, 조직과 구조를 분석하고, 모양을 연구하는 너의 모습은 측은하기까지 했어. 그 덕분에 딸 입에서 단호한 한마디의 말을 들을 수 있었단다.

"엄마, 나 이제부터 멍하니 생각 없이 안 다닐 거야."

그동안 딸이 겪은 고충이 고스란히 담겨있는 듯한 한마디였단다. 우리가 무엇을 생각하느냐는 어떤 사람이냐를 결정한다네. 생각의 영역은 한계가 없단다. 자유롭게 주어진 데는 다 이유가 있지 않겠니? 맘껏 생각하고 자유롭게 꿈을 펼쳐나가라는 뜻이겠지. 생각이란 도구는 네 인생에 가장 소중한 선물이란다.

'생각하는 대로 마음먹은 대로'

말버릇처럼 되어버린 어느 기업의 슬로건은 한때 유행어가 될 만큼 대히트였어. 희망을 안겨다 준 문구였지. 생각대로 된다는구나. 마음먹은 대로 다 된단다. 기왕이면 미래 지향적인 생각을 하려고 노력해라. 의심은 절대로 하지 마. 하루에 하는 오만가지 생각 중에 걱정은 사서도 하지 마라. 선물도 꼭 필요한 걸 받을 때 더 가치 있고 유익하지 않니? 생각도 신이 준 선물이라면 소중하고 알찬 것으로 골라가며 해야지. 생각대로 된다잖아.

'호사다마'라는 말 알지? 좋은 일에는 방해되는 일이 생긴다는 말이야. 어느 날 갑자기 떠오른 생각 하나에도 인생이 송두리째 바뀔 수 있어. 어떤 생각을 하느냐가 그렇게 중요하더라.

28년 전, 지금의 미용실 자리로 이사를 왔어. 1억 빚을 지고 집까지 옮겨와야 하는 기회가 찾아왔단다. 월세로 계약한 가게가 내 가게가 되는 운까지 함께 오더라. 그 시절 1억은 지금 딸이 생각하는 정도의 금액이 아니었어. 그 어마어마하게 많은 빚을 금방 갚겠구나 싶을 만큼 새로 오픈한 미용실은 날마다 문전성시를 이뤘단다. 힘든 것도 모르고 일을 했어. 젊은 나이에 많은 돈을 벌게 되니 절로 힘이 나더라. 어느 날 열심히 일을 하는데 뜬금없는 생각이 떠오르더라.

"이 돈 다 벌어 뭐 하지?"

1억 빚을 진 사람이 할 생각이라고 믿겠니?

어른들은 그런 걸 두고 '방정맞은 생각'이라고 했단다. 어쩜 그리도 어른들의 말씀은 비켜가지 않는지. 말도 참 잘 만들어내셨다는 걸 증명이라도 하듯 하루아침에 인생이 추락하더라.

한순간도 방심해서 안 되는 일이 우리에게 벌어진 거야. 아빠가 교통사고를 낸 가해자가 되고 말았어. 그로 인해 겪어야 했던 고충은 이루 말로 다 할 수가 없어. 어려서 잘 기억 못 하겠지만, 딸도 고스란히 함께 겪었던 가슴 아픈 사연이란다. 돌이켜보니 엄마 인생이 꼬이기 시작한 큰 시발점이었어.

무심결에 드는 생각도 신중해야겠더라. 생각도 때로는 잘못된 걸 선택할 수 있어. 나처럼 말야. 그럴 땐 강력하게 고개를 흔들어서 떨쳐버려. 고개를 흔드는 동작만으로도 부정적인 생각은 빠져나가더라. 생각도 관념도 선택하고 떨쳐버릴 수 있다는 사실을 명상하면서 알았어. 문득 부정적인 생각이 끼어들더라도 바로바로 흔들어 버릴 수 있다니 타고난 축복이지.

생각을 품고 사는 딸아!

생각을 할 때는 아무렇게나 무턱대고 하기보다는 희망적인 상상을 하는 게 좋아. 번뜩이는 아이디어는 성장에 도움이 될 테니, 뜬구름 잡는 소리라도 독창적이게 톡톡 튀게 많이 해라. 네 안에 있는 생각이라는 도구는 신이 준 가장 소중한 선물이다.

3. 행복은 네가 생각한 대가란다

행복은 도착지가 아니라 여행 방법이다.

- 마거릿 리 런베크 -

딸은 지금 행복하니?

잘 모르겠다고?

아님 생각 중이라고?

생각을 바꾸면 행동이 달라지고

행동을 바꾸면 습관이 달라지고

습관을 바꾸면 성품이 달라지고

성품이 바뀌면 운명이 달라진다

랄프 왈도 에머슨은 생각에 따라 운명이 달라진다고 했는데, 많은 저서에 인용될 만큼 유명한 말이더라. 행동과 습관이 달라지고 성품과 운명이 바뀐다니 생각의 패턴을 챙겨봐야겠네.

〈생각의 각도〉의 심리학자 이민규 교수는 생각하는 각도에 따라 결과는 엄청난 차이가 난대. 생각의 각도를 1도 바꾸라는 말이 어떤 의미인지, 흔히 하는 생각에서 1도를 바꾼다면 어떻게 변하는지 볼래?

아흔아홉 개를 가지고도 한 개가 부족하다고 불만인 사람이 있는가 하면, 한 개만 갖고도 감사하며 사는 사람도 있어. 일을 할 때도 어쩔 수 없이 하는 사람이 있는가 하면, 늘 싱글벙글 즐겁게 하는 사람도 있어. 실패하면 자책하고 낙심하는 사람이 있는가 하면, 다시 극복하고 도전해서 성공하는 사람도 있지. 저자가 말하는 1도의 각도란 생각을 다르게 하라는 말인가 봐.

왜 같은 상황인데 다르게 느끼고 다른 행동을 하며 살아갈까? 더 나은 삶을 살고 싶다면 자신의 생각을 살피란다. 어떠한 자극에도 휘둘리지 않고 자신을 다스릴 수 있는 방법은 오로지 생각의 각도에 달려 있다고 책에서 강조하더라.

내가 1인 방송 유튜버가 된지 벌써 4년이나 됐네. 맨 처음 나의 생활을 영상으로 찍고 편집해서 유튜브에 올리는데 완전 신세계였어. 동네 미용실의 진솔한 이야기를 인간극장처럼 꾸며 가는데 참 행복하더라. 그랬던 것이 예약제 샵으로 바뀌면서 상황이 달라졌지. 방향성을 유지하는데 한계가 온 거야. 영상 촬

영과 편집도 내 능력으론 한계가 왔어. 일상의 모든 것들이 영상감이고, 편집하는 미지의 세계가 매력적인 것과는 달리 현실적으로 괴리감이 있었어. 그렇다고 재미를 찾은 유튜버로서의 삶을 포기하고 싶지는 않았단다. 그래서 생각을 바꾸기로 마음먹었지.

'먼 훗날 앨범처럼 끄집어내서 보면 되지. 나의 젊은 시절을 놓치지 말고 수시로 담아두자.'

그랬더니 다시 행복이 쏠쏠해졌어. 5분짜리 영상에 나의 인생 역사를 담아내다니 멋지지? 역시 생각의 차이, 생각의 각도는 행복의 크기도 바꿔놓더라. 행복은 생각하기 나름이야.

그저 바라만 봐도 이쁜 딸아!

"외식업계의 최고 여성 CEO가 될 거야"

대학교 원서 쓸 때, 거창했던 너의 포부는 '낭만'과 '알바'를 바꿔서 살 만큼 단단해 보였어. 얼마나 많은 경험을 했었니? 쉬는 날도 없이 생활하는데, 참 대견하고 안쓰러웠어. 그런데 말야, 아이러니하게도 바라던 모습과는 다른 인생이 너를 기다리고 있었나 봐. 점점 미래에 대한 고민이 깊어지면서 너의 각오는 흔들리기 시작했어. 졸업을 앞두고 했던 1년 기간제 인턴 생활을 끝으로 확고하게 결심을 굳히더구나. 외식 분야는 성향에 맞지 않다며 방황하고 괴로워하더니 결국은 미용을 선택했었지.

그 당시 너의 결정을 지켜봐야만 했던 엄마 마음은 아슬아슬하게 쌓아 올린 종이컵 피라미드를 보는 기분이었어. 각오와 적성은 행복과는 거리가 먼가 보더라.

너도 하고 싶은 일을 하면 행복해지는 줄 알았잖아. '좋아하는 일'과 '하고 싶은 일'의 차이를 모르고 과를 선택했던 결과였어. 인턴 생활을 해보고서야 행복지수가 다르다는 걸 깨달은 셈이었지. 생각의 각도를 살짝만 바꿨는데, 전혀 다른 삶을 살고 있으니 1도의 차이는 인생이 바뀔 수 있더라.

수많은 고민 끝에 미용을 선택하면서 생각의 힘을 경험했을 딸아!

늘어가는 나이만큼 생각의 크기도 확장하고 있겠구나. 그중의 많은 시간을 비교하는 마음으로 행복의 그릇을 키우려 애쓰지는 마라. 너의 미래를 위한 생각만으로 오롯이 채워야 한다.

생각만 해도 든든한 딸아!

아마도 너의 과에서 문 닫고 들어갔을 법한 성적이었음에도 잘 버텨낸 건 너를 믿는 마음이 있어서겠지? 대학 시절 너의 시간을 돌아보면 통학 거리는 멀고, 생각은 단조롭고, 엄마가 아는 너라면 죽을힘을 다했을 거라는 생각이 들더라. 졸업까지는 아마도 너의 확고한 생각이 없었다면 결과를 만들어내기란 어려웠을 텐데, 악착같이 해냈겠지?

대학 3학년을 끝내고 졸업을 2년 남겨둔 채 결국은 휴학을 결정했던 딸아!

완전 방전 상태로 충전이 필요했던 너는 훌쩍 비행기를 타고 유럽으로 가버리더구나. 장장 50일 동안 연락을 두절하고 머리를 식히던 딸이었어. 기다리던 엄마는 애가 닳아 없어질 뻔했단다. 도망치는 줄 알았더니 유럽의 건축을 눈으로 확인하고서야 다시 발돋움을 하더구나. 너를 믿고 있었다만, 엄마도 너만큼이나 답답한 시간을 보냈단다. 대학 문턱을 안 넘어봐서 너의 괴로움을 공감도 못한다 할까 봐 조심해야 했어. 전과는 엄두도 못 내고, 포기도 할 수 없는 진퇴양난이었던 너의 심정을 지켜만 보느라 애가 탔어.

"그럼 전과라도 해야 되는 거니?" 멋모르고 물었다가 너의 고충을 조금이나마 헤아릴 수 있었던 답에서 벼랑 끝임을 알았단다.

"엄마 내가 할 수 있는 게 아무것도 없어."

"이과에서 법 공부를 할 수도 없고, 의대는 엄두도 안 나고."

"포기는 더 못 하겠고, 설계가 너무 힘들어. 막막해서 죽을 거 같아. 엄마!"

입학하면서부터 날마다 변해가는 너의 모습은 사람의 몰골이 아니었어. 사람 속이 아님을 얼굴색만 봐도 알 수 있을 지경이었단다.

생각이란 녀석은 반드시 행복만을 데리고 다니지는 않나 봐. 상황에 따라 걷잡을 수 없을 만큼 나락으로 떨어지고 허우적대면서 빠져 나오느라 고생을 하게 했지.

'그만한 시련쯤이야'

별거 아니라는 듯 생각을 달리하고 각도를 바꿔가며 모두 이겨낸 딸이 6년 만에 졸업을 하는데, 대견하고 자랑스럽더라. 과제 하느라 밤샘을 밥 먹듯 하고도 성인이 됐다며 4명이나 되는 학생을 가르쳤어. 억순이처럼 의지가 남달랐던 딸이 의젓하게 졸업을 하더구나. 대학시절 딸의 정신력은 철인 3종 경기를 해내는 선수 같았단다.

여리디여린 체구에서 나오는 강인한 딸의 정신력을 보고 있자니 생각이란 참 무한한 거더라. 넌 그렇게 너를 믿으면서 모든 걸 해냈단다. 신념 또한 행복을 만드는 생각이었던 거지.

오로지 해내고야 말겠다는 생각 하나뿐이었던 딸아!

생각하고 선택한 결과로 넌 졸업이라는 대가를 얻었어. 생각을 1도만 바꿔도 상황이 바뀐다는데, 엄마 눈엔 네가 그 증거였단다.

4. 생각하고 생각하고 또 생각해라
그대로 되어질 거야

"인류는 이번 전염병을 계기로 인공지능 시대로 강제 돌입했다. 인류가 코로나 이전의 비 인공지능 시대로 돌아가는 일은 없을 것이다."

지금이라도 인공지능에게 대체되지 않는, 아니 인공지능은 그 흉내조차 낼 수 없는 생각, 즉 'Think'를 시작해야한다.

- 이지성 〈에이트 씽크〉 중 -

내가 좋아하는 이지성 작가의 〈에이트〉, 〈에이트 씽크〉를 연이어 읽는데, '다가오는 세상은 창의적인 사람이 우세하고, 독창적이어야 살아남는다.'는 작가의 말에 단순하기 짝이 없는 나로서는 훅훅 다가오는 변화에 적응은커녕 따라가기도 바쁘다고 반박하고 싶었어. 아무리 책을 봐도 아날로그적 사고에 대책이 안 서긴 마찬가지였어.

코로나가 우리 곁에서 떠나지 않고 자리 잡은 듯 머물러 있는 이유가 진짜 뭘까?

자연과 인간이 하나라는 경각심을 일깨워주기 위해서일까?

인터넷 세상으로 완전 돌입할 테니 정신 차리라는 신호일까?

거리두기 상황이 오래 지속되면서 아날로그 할머니도, 넋 놓고 있던 엄마도 배달 서비스가 아니면 생활이 안 되니 기가 막힐 노릇이야. 하물며 혼밥 혼술을 즐겨야 하는 딸들은 오죽할까? 늘어나는 건 처치 곤란한 쓰레기뿐이지. 예의를 갖추고 한껏 뽐을 내야 하는 예식장 분위기도 그렇더라. 결혼식을 미루기 일쑤였고, 그나마 참가 인원도 제한을 하니 친구들은 얼마나 아쉬움이 컸을까? 신랑 신부 덕분에 새로운 커플도 생기곤 했었는데, 젊은 청춘들에게 희망과 행복을 앗아가는 것 같아서 저출산 시대에 더 걱정이더라.

자영업자들은 계속되는 이 상황에 땅이 꺼져라 한숨만 쉬고 있고, 비행기를 타는 게 일상이었던 여행객들은 발이 묶여 우울감이 만연하다더라. 딸은 기약 없는 이 시간을 어떤 생각으로 살아내고 있니?

팬데믹 시대에 적응하느라 엄마는 정신이 하나도 없었어. 살면서 마스크를 쓰고 생활하는 것도 처음이지만, 학생이 학교를

못 가고 집에서 공부를 하게 될 줄은 상상도 못한 일이야. 어리
버리 정신줄 챙기기 바쁜 어른들과는 달리, 적응이 무척이나 빠
른 아이들은 그 시간을 즐기고 있으니 이건 또 무슨 일인지 모
르겠어.

"이젠 학교 가기 싫어요. 집에서 공부해도 되는데, 왜 학교를
가야 하는지 모르겠어요."
-"말썽쟁이를 넘어 문제아 수준의 아이들을 케어하다 보면,
학생을 유연하게 대하지 못하게 하는 제도가 더 힘든데, 아
이들 없는 학교가 너무 조용하고 편하다니까요."

학생이 학교를 가기 싫어하고, 선생님이 사명감을 상실해버
린 말이란다. 이만하면 스스로 살 길을 찾아야지 않겠니? 우물
쭈물하다가 2년이 지나고, 3년도 훌쩍 가버렸어, 요즘 같으면 4
년도 금방 지나갈 거 같아. 그런데, 아직도 대비를 하기보다 답
답한 생활이 끝나기를 기다리고 있으니 걱정이구나.

이런 생활이 처음이라 그렇지 마스크의 답답한 거 빼면 장점
도 많았던 것 같은데, 나만 그렇게 생각하는 걸까?
직장인들은 회사 업무를 집에 앉아서 해결하니 자유롭고 좋
았지. 엄마는 온라인 줌으로 지인들을 만나니 더 반갑고, 아주
신기하고 좋더라. 스마트폰 하나면 반찬거리가 다음날 새벽이

면 집 앞에 와 있지. 비대면이 편해서 하마터면 좋아할 뻔했다 니까. 그런데 편리함을 즐기고만 있을 때가 아니라네. 그 편리함이 기계의 노예로 전락한 증거라고 하는 이지성 작가의 말이 정말인 걸까?

'사색하라'

〈에이트〉에서는 계속 사색을 강조한다. 인공지능이 판을 치는 세상에서 살아남는 방법은 사색하는 것 뿐이라고, 생각하고 생각하고 또 생각하면 답이 나올까? 뭘 깊이 생각하라는 말일까?

작가의 말에 의하면 미래 생활은 '인공지능에게 지시를 내리는 계급'과 '인공지능의 지시를 받는 계급'으로 나뉠 거래. 그렇다면 적어도 인공지능에게 지시는 받지 말아야겠지? 인공지능에게 대체되지 않으려면 공감 능력도 키우고, 상상력도 키우래. 너와 내가 아닌 우리 모두의 입장에서 생각하는 능력을 키워야 한대. 그런 방법이 정말 따로 있을까?

이제 갓 말을 배우는 아이도 스마트폰이면 울던 울음을 그치는 상황이야. 심심하다고 엄마를 괴롭히던 아이도 스마트폰 하나만 있으면 하루 종일 쥐 죽은 듯 조용해져. 어른들마저 생각이 기계에 저당 잡힌 지 오랜데, 그렇게 편리한 스마트폰 없이 살 수 있을까? 그리고 깊이 생각할 시간을 필요로 할지 의문이야. 우리를 편하게 해준 것들이 인공지능이었다니, 코로나 시기를 살아내느라 겨우 적응했는데, 빠르고 편리했던 것들이 모두 삶의 적이었다니, 도무지 납득이 안 되는 소리구나.

딸아, 이 시간이 계속되면 어떻게 살지?
인간관계를 방해하는 현실을 이겨낼 수 있는 방법이 따로 있을까? 딸 생각은 어때?
'짠' 하고 좋아질 그날만 기다리고 있으면 될까?
작가의 말처럼 위기감 없이 살던 대로 살면 정말 난민 수준의 삶이 초래될까?
아무리 미래에 어두운 엄마라지만 난민이라는 말은 왠지 겁이 난다. 귀하게 살아온 딸들이 고생스럽게 살아야 한다는데 어찌 걱정이 안 되겠니?

미래의 복지는 정부가 해결해 줄 테니 걱정 안 해도 될까? 각자도생해야 하는 건 아니겠지?
돈 버는 방법은 이미 앞서 간 부자들의 몫이고, 뒤늦게 자각하고 보니 설 자리가 없어 막막해. 유튜버 신사임당 채널의 주언규 대표는 〈킵 고잉〉에서 지금이 단군 이래로 가장 돈 벌기 쉬운 시대라고 자랑하더라. 도대체 뭘 어떻게 생각하기에 그런 말을 늘어놓는지, 아무리 생각해도 내 영역의 한계를 느낄 때마다 한숨만 나온다.

"엄마의 경제 관념을 나에게 주입시키지 마"

엄마의 주먹구구식을 회피하며 강하게 어필했던 딸아!
사실은 내가 재산증식을 강요하는 이유는 엄마의 미래를 걱정하는 걸 거야. 다가올 미래가 기대 반 두려움 반이거든. 아니 두려움이 더 클지도 몰라.

'곳간에서 인심난다'

내 살림이 넉넉해야 남을 돕는다는 옛말처럼 세상이 아무리 험하게 변한다 해도, 먹고 사는 일이 해결된다면 두려워할 일만은 아니겠지?
그것을 깨닫게 하려고 코로나가 장기 거주하는 걸까?

5. 가장 좋은 때란 바로 지금이다

일하라, 삶을 영위하고 있는 현재에서 일하라.
그것이 가장 시간을 아껴 쓰는 오직 한 가지의 길인 것이다.
또한 무모한 내일을 꿈꾸지 않는 것이 의미 있는 생활을 할
수 있는 유일한 길이다.

– 카네기 –

내일 하면 되지, 내일부터 할 거야, 내일 해도 충분해, 오늘만
날이니? 다이어트는 내일부터……
우연히 내일이라는 말로 오늘을 회피하는 말들을 나열해 봤
어, 생각 없이 무의식적으로 난무하면서 핑계를 대는 느낌이 들
더라. 더 놀라운 건 왠지 정겨운 말이라는 거야.

내일! 내일! 내일!

귀에 익은 탓일까? 딸에게 너무 많이 듣고 살았을까? 설마,

내가 많이 사용해서겠지? 역시 그랬어. '내일 하지 뭐' '내일 해도 돼' '오늘만 살고 말 것처럼 아옹다옹하지 마'. '오늘은 먹고 다이어트는 내일부터야.'

나는 물론이고 친구를 유혹하며 살았더라. 내일로 미루기를 밥 먹듯 하고 살았어. 그런데 중요한 게 뭔지 아니? 그렇게 살아도 되는 줄 알았다는 거야. 지금도 여전히 피곤하면 피곤한 대로, 즐거우면 즐거운 대로 '내일 하자' 쉽게 내뱉고 말지.

시한부 환자에게 오늘 하루는 천금을 줘도 안 바꿀 소중한 시간인데 말야.

딸은 가장 좋은 때가 언제라고 생각하니?

바로 지금! 그러게, 바로 지금이 가장 좋은 때라는데, 그렇게 느끼기엔 우린 너무 '바쁘다 바빠' 노래를 하지. 좋은 때를 모르고 '지금'의 소중함을 잊고 사는 게 다반사였어.

내일은 없어. 오늘이 너의 생의 전부야. 정말 그렇다면 뭘 하며 보내고 싶니?

'발등에 불이 떨어졌다'

다급하거나 간절할 때 흔히 쓰는 말이지. 인생이 걸린 만큼 간절했던 때를 말하라면 딸 수능 시험 보던 날을 꼽겠어. 딱 그 날뿐인 것처럼 보냈단다. 후회 없이 보내자는 마음이었어. 지금을 간절한 마음으로 보내야 한다면 그날 그 순간처럼 보내면 될 거라는 생각이 들어. 그 순간보다 더 간절했던 순간이 또 있을까 싶어.

새벽 시간이었어. 법당 안에는 이미 발 디딜 틈 없이 사람들로 빼곡했단다. 발밑에는 간절함이 절절했다는 표현이 맞을 거야. 모든 사람들이 무릎이 다 닳도록 절을 하고 있었거든.

부모 마음이 가장 잘 보이는 곳을 찾으려면 수능 날 기도처에 가면 될 거야. 마치 하루만 살고 말 것 같은 얼굴들이었단다. 소중한 하루를 저렇게 간절히 살면 되는구나 싶었어. 그 순간은 다시 오지 않을 시간이기에 죽을 힘을 다해보는 거겠지?

엄마에게 가장 기억에 남는 때란 역시 딸을 위해 기도할 때, 바로 그 순간이었을 거야.

에크하르트 톨레는 〈지금 이 순간을 살아라〉에서 여행을 할 때, 잊지 말아야 할 것이라면 지금 내딛고 있는 '걸음'이라는구나. 그것이 전부란다. 바로 지금을 강조하는 말이었어. 목표나 목적에 도달하고, 계획한 것을 달성하고, 성취하는 것은 미래를 사는 거래.

톨레는 여행지에서 '무엇을' 하는지 보다 '어떻게' 하는지가 더 중요하다며, 대체로 지금을 살지 못하는 이유가 미래 걱정으로 시간을 낭비한다고 지적하더라.

다이어트 중인데 딸이 좋아하는 '마라탕'이 옆에 있다고 생각해 봐. 먹는 행복을 포기해야 할까? 다이어트를 미루자니 좋은 때가 지나가고, 먹는 행복을 누리자니 아름다운 몸매를 놓치게 되고 고민이겠구나. 예쁘고 맵시 있게 옷을 입을 수 있는 것도 한때더라. 소식을 한다면 맵시도 찾고 먹는 행복도 즐길 수 있을 텐데, 절제력을 키우는 것도 지금 바로 할 일이겠네.

'완벽한 때를 기다리다 몸에 때만 낀다'

완벽한 때란 생각하기 나름이란다. 하고 싶은 게 있으면 미루지 말고 바로 해라. 그 좋아하던 여행도 미뤘더니 코로나19가 방해해서 발이 묶여 버리더라. 배워야 할 게 있으면 바로바로 도전해. 공부하는 것도 나이 드니 기억력이 떨어지고, 돌아서면 까먹고 마음처럼 쉽지 않아. 마음이 허락하는 일이라면 뭐든지 망설이지 말고 바로바로 해라.

"이놈들아, 살아 있을 때 잘해라. 내 죽고 없으면 후회한다"

너희 친할아버지가 생전에 하신 말씀인데, 시아버지 말씀이라 귓등으로도 안 들었어. 가시고나니 뵐 수도 없고, 그리움만 사무친단다. 철없을 땐, 부모님이 한평생 곁에 계실 줄 알지만, 나이 들어 철들고 보니 떠나고 안계시더라. 나도 살아있을 때

너 애인 찾듯 챙기면 안 될까? 떨어져 살면서 전화하는 것도 귀찮다고 여기면 나중에 후회만 남는다.

마음을 드러내지 않는 딸아!
마음을 다하지 못한 곳이 있으면 머뭇거리지 말고 바로 지금 전해라. 자존심을 세우고 살기엔 세월이 기다려 주지 않아 때를 놓치게 되고 아쉬움만 남더라.
사랑도 한 때란다. 가슴 뛰는 일이 마음 먹는다고 되면 얼마나 좋겠니? 설렘이 있을 때 사랑도 해야지, 심장도 나이 들어 감각이 무디어지는지 반응이 더디더라.
가슴이 뛸 때 사랑하고, 마음이 움직일 때 몸도 따라 움직여야지 후회가 덜할 거야. 노래도 기운 떨어지니 마음뿐이지 흥이 안 나서 못하겠더라. 마음도 행복해야지 몸이 가볍고 좋은 때를 놓치지 않는단다. 뭘 하든 가장 좋은 때란 바로 지금이야.

6. 언제나 방해꾼은 나 자신이었다

핑계를 잘 대는 사람은 좋은 일을 거의 하나도 해내지 못한다.

- 벤자민 프랭클린 -

옛말에 '핑계 없는 무덤이 없다'고 했어. 아무리 큰 잘못을 저지른 사람도 그것을 변명하고 이유를 붙이기는 마찬가지란다. 나도 물론 그랬지. 새로운 일이 생기면 핑곗거리를 먼저 찾았어. 이런저런 이유가 왜 그리도 많은지 언제나 방해꾼은 나 자신이었단다.

"지금쯤은 너의 기술을 점검해 볼 때야. 테스트 좀 받아 볼래?"

미용의 매력을 느껴가는 딸에게 이런 제안이 온다면, "네, 감사합니다" 순순히 답이 나올까? 미용은 기능직으로 대회에 참가해서 담력도 키우고, 경험도 쌓으며 기술을 연마하곤 하지.

그러한 체험은 할 수도 있고, 안 해도 그만이지만, 그로 인한 경험은 자신의 발전에 대단한 경력이 될 수 있단다.

　내가 미용실 오픈했던 그 시절, 90년대는 구역장이 추천하는 미용대회가 곳곳에서 열렸어.
　의지와 열정, 여유만 있으면 가능한 지금과는 조금 다른 분위기였지. 그 무렵 미용을 시작하고 나에게 찾아온 첫 기회를 '핑계'로 놓친 경험이 있단다.

　딸이 태어나고 몸조리가 겨우 끝났을 즈음이었어. 구역장님이 미용대회에 출전하라는 거야. 파마 부분에 참가해 보라는 제의였어. 결혼은 했어도 스물여덟의 나이는 두려움이 참 많기도할 때였지. 지금의 딸보다도 어린 나이였으니까. 동네에서 소규모 샵을 하던 내가 성장할 수 있는 기회라는 생각이 들었어. 추천받았다는 건 기술과 성실성을 인정해 주는 의미이기도 했거든. 그런데 나의 대답이 어땠는지 아니?

　"애기도 키워야 하고, 혼자라서 가게를 비울 수가 없어요."
　-"좋은 기회일텐데, 한번 나가보지 그래?"

　글쎄, 평소 무관심하던 아빠까지 나서서 응원을 했단다. 정작 내게는 용기가 없었어. 별별 핑계로 묵인하고 말았지. 그 후로 나는 문득 문득 후회하며 시간을 보내야 했어. 정말 내가 미웠단다. 기회인 줄 알면서도 우물쭈물 망설이고, 두려워했던 내 자신이 바보 같아서 싫었어. 딸이 커갈수록 좋은 기회를 놓친 것을 더 후회하게 되더라. 그런 기회는 자주 오지 않았거든. 그리고 기회에는 때가 있는 거더라구. '아이만 키우면' 하고 미뤘지만 사실 핑계였단다. 두려움이 나의 성장을 끄집어 내렸던 거야.

"살아보니 큰 기회라고 여겨지는 순간이 세 번 오더라. 때를 놓치지 말고 살아라."

외할아버지께서 누누이 말씀하셨는데 까마득히 잊고 살았나 봐. 핑계거리 찾느라 생각도 못했단다. 돌아보니 내 인생에서 언제나 방해꾼은 나 자신이었어.

크든 작든 '기회'는 우리 곁을 종종 머물기도 하고 지나쳐 버리기도 하더라. 그때마다 방해꾼이 없다면 크게 성장하고 더 많이 성공한 사람들을 쉽게 볼 수 있었을 거야.

핑계는 왜 생기는 걸까?
변명거리는 왜 또 찾는 걸까?
자신을 못 믿고 부족하다는 불안심리가 먼저 발동해서 일까?
나약하다는 소리는 듣기 싫고, 두려움은 튀어나오고, 핑곗거리만 찾는 걸 거야. 그러한 마음이 나의 성장을 방해했다니 마음이 아프네. 딸도 혹시 마음 아픈 경험 있었니?

'선입견'도 그랬어. 자신을 파괴하는 불편한 감정임에 틀림없어. 있는 그대로를 볼 줄 모르고 언제나 처음부터 선입견이라는 잣대를 내세웠거든. 타고 난 개성이려니 존중하는 게 젊어서는 그리 쉽지 않았단다.

설마, 지금 우리 딸은 선입견으로 일을 그르치는 건 아니겠지?
간혹 딸의 반응에 걱정되는 부분이 있어서 하는 말인데, 앞서서 너의 느낌으로 사람을 판단하지 말았으면 좋겠어. 사람은 겪어봐야 안다잖아. 물론 딸의 말도 일리는 있어. 첫인상과 첫느낌이 전부일 때가 많았지. 알고 보면 그건 상대방도 마찬가지였나 보더라. 사람 속은 알아갈수록 진국인 사람도 많으니 선입견으로 관계를 한정 짓지 말아야겠더라.

큰딸이 중 1때 일이었어. 사립학교였는데, 반 친구들 구성이 월등히 우수했단다. 덕분에 학교에서 기대가 대단했지. 담임도 물론 좋아하며 들떠있었어. 웬걸, 학기 초반에 현장 수업을 나갔다가 학교가 발칵 뒤집히는 일이 벌어진 거야. 공부 잘하는 학생은 온순해서 말썽도 안 부릴 거라는 선입견 때문에 선생님들이 더 놀라는 일이 벌어졌단다.

너희들 말로 '삥'을 뜯었다더라. 밖에서 진행하는 수업이라 통제불능이었겠지. 대여섯 명의 학생이 한 학생을 괴롭혔던 대사건으로 교장실에 불려가고, 학부모가 찾아오고 난리도 아니었어. 학교에서 더러 생길 수 있는 일인 것 같아. 선입견으로 실수하는 경우는 곳곳에서 비일비재하단다.

개인도 마찬가지야. 나 역시 그리 살았으니까. 처음 오는 고객인데 반찬을 해다 주고 정겹게 대하더니 파마비를 외상하고 잠적해버리더라. 그 후로 호의적인 사람에게 선입견이 생겼어. 겪어보기도 전에 차단하고 적을 두었으니 외롭게 지낼 수밖에. 다양하게 사람을 만나고 풍요롭게 지내려면 선입견을 버려야겠더라.

방해꾼은 또 있어. '편견'이라는 마인드가 그랬지 아마. 공정하지 못하고 한쪽으로 기울어진 생각으로는 바르게 보기 어렵다는 점이야. 편견이라는 잣대도 쉬이 고쳐지지 않는 기준이라서 조심해야 해.

요즘은 학교 체벌이 없어졌으니 그런 일은 없을 테지. 작은 딸이 초등학교 2학년 때, 담임선생님이 편견을 가진 분이라 엄마는 속이 많이 상했었단다. 수업 시간에 뒤돌아서 장난했다는 이유로 수업시간 내내 반성문을 쓰게 했다지 뭐니. 그것도 같은 말을 백번이나 쓰게 했대.

'잘못했습니다. 다시는 안 그러겠습니다.'

그 일로 너는 학교도 가기 싫어하고, 전학을 보내달라고 한 동안 떼를 쓰는 아이로 변했어. 차라리 반성문 쓰기를 시켰더라면 너의 글쓰기 수준이 지금보다 월등히 좋았을 텐데.
자신의 방법이 옳다는 편견이야말로 한 사람의 인생을 바꿔 버릴 수 있다는 걸 좀 알아야 해.

사리 분별이 엄마보다 훨씬 이성적인 딸아!
사람이니까 때에 따라서 치우칠 수 있어. 그렇지만 지나치면 안 된단다.
핑계로 기회를 놓치고, 선입견으로 난처함을 겪는 일은 방해만 될 뿐이야. 편견으로 사람을 당황하게 하는 경우도 우리 모두에게 일어날 수 있는 흔한 일이니 유념하면 좋겠네.

7. 태도가 너의 운명을 바꾼단다

사람은 남을 대하는 그 태도에서 행복이 결정된다

- 플라톤 -

소식도 궁금하고 오랜만에 저녁이나 같이 먹을까 하고 딸을 찾아갔던 날이었어. 그날따라 유난히 너는 피곤한 기색이었단다.

"무슨 일 있니?" 걱정되어 물었더니,

"엄마, 남자들이 원래 그렇게 수다스러워? 아주 험담하느라 일을 안 해"

분노가 섞인 홍조 된 표정으로 다짜고짜 딸이 물었어.

"완전 뒷담화야, 근무 시간에 일은 안 하고 시간 때우기가 예사라니까. 대표님이 자리 비우기만 기다리나 봐. 담배는 또 왜 그리 자주 피는지, 짜증나서 집중이 안 돼."

사무실 분위기에 대한 불만을 호소하던 딸아!

지금쯤은 그런 분위기에 적응이 좀 됐니?

여전히 눈에 거슬려서 일하는데 방해가 되는 건 아닌지 걱정이구나.

아마도 그들의 태도는 적당히 시간이나 때우자는 안일한 생각이 깔려있지 않을까? 평생 남의 일만 하고 만능 직원으로 있을 것처럼 착각하는 거지. 직장을 다니면서 영원히 그 자리에 머물러 있는 사람은 없을 텐데 안타깝구나. 누구나 시간이 갈수록 일머리는 성장하고, 어느 정도 위치에 오르면 독립을 하고자 할 거야. 그런 꿈이 있기 때문에 그 많은 사람들이 직장에서 인내하고 충실히 임할 수 있겠지.

직원들의 잦은 뒷담화 모습을 보고도 대표님께 고자질은 못하고 심기가 불편하다던 너

남의 일이라고 어영부영 시간만 죽이는 자세는 보는 사람도 눈살을 찌푸리게 되지. 너도 그런 모습을 자주 보고 있자니 짜증 날만 했겠네.

입장 바꿔 생각하는 역지사지의 자세를 마음에 새기면 좋으련만, 강요한다고 되는 게 아니니 안타까울 뿐이다. 좀 더 멀리 내다보는 자세로 임하라고 내가 가서 타이를 수도 없고, 나도 자영업을 하는 입장에서 그들의 앞날이 걱정스러워 짜증 내던 딸의 마음이 이해가 되면서 오히려 딸까지 해이해질까 봐 염려

스럽더라.

간간이 수다는 필요하겠지. 그렇지만 잡담에 흉보기로 끝나는 뒷담화라면 네 말대로 자제해야겠지? 비록 휴식시간일지라도 근무의 연장인데, 온전한 자유의 몸이 아니라는 걸 잊어서는 안 될 일이지. 그래도 딸은 잘하고 있다니 다행이다만, 가랑비에 옷 젖는 줄 모른다고 너도 모르게 휩쓸릴까 염려스럽네. 맑은 물이 흐려지는 건 순식간이더라. 너도 사람이니 해이해질 때도 있겠지. 그럴 땐 입장 바꿔 생각할 줄 알아 해. 만약에 네가 회사의 대표라고 생각해 봐. 시간만 때우는 직원이 곱게 보일까? 대표는 그저 이름만 대표가 아니란다. 눈앞에서 보고 있지 않아도, 꼭 말을 하지 않아도 직원들의 태도에서 이미 가늠을 하고 있다는 걸 꼭 명심하면 좋겠어.

출근하는 자세만 봐도 알 수 있어. 성공의 척도가 되는 기본 중의 기본이 시간을 대하는 태도라고 했거든. 그런 점에서 너의 마인드는 어떤지 점검 좀 해 보면 어떨까?
혹시 오늘 아침에 5분만, 5분만 하다가 겨우 일어난 건 아니겠지?
날씨가 쌀쌀하면 포근한 이불이 속으로 막 끌어당기잖아. 엄마도 젊어서는 그랬어. 그 5분이 얼마나 꿀맛 같은 지 직장인이라면 모두 공감할 거야.

좀 늦으면 어때? 대표님도 지각하는데, 나만 지각하는 거 아닌데, 한 번쯤은 괜찮겠지?

별별 핑계로 오늘 너의 출근은 5분 전이 아니라, 그만 5분 지각을 하게 만든 건 아닌지, 떨어져 있으니 괜한 걱정이 되네.

시간을 대하는 태도는 사람을 평가하는 첫 번째 기준이라는 사실을 명심해야 해.

'9시 1분은 9시가 아니다'

너희가 즐겨 찾는 '배달의 민족' 사무실에 떡하니 붙어있다는 일침을 가하는 말에서도 알 수 있듯이, 어처구니없게도 1분의 차이는 시간대가 다르단다. 이 엄청난 사실을 알면서도 모르는 척 적당히 흘려버리고, 1분, 5분, 그 정도쯤이야 대수롭지 않게 여기는 경향이 많지.

그 짧은 시간이 운명을 바꾼다면 그리 살고 있을까?

시간을 쓸 때는 '괜찮겠지' 하는 안일한 생각은 버려야 한다. 꼭 그렇게 자신을 괴롭혀야만 잘 사는 거냐고 반문할 테지. 그렇다면 하고 싶은 대로 하고 살아도 돼. 너의 인생이니까. 다만 타인의 시간을 소홀히 여기는 건 무책임한 태도라는 것만 명심해라.

물론 원하는 만큼의 대가에 못 미친다고 저마다 불만은 한가득일 테지. 그렇다고 남의 시간을 함부로 여기는 건 자신의 발전을 위해서라도 좋지 않아. 그런 점에서 시간에 대한 개념은 다시 점검해 보면 좋겠네. 엄마 말이 잔소리 같지만, 역지사지를 논하고, 입장 바꿔 생각하라는 데는 다 이유가 있어. 딸은 근사한 CEO가 되는 게 꿈이랬잖아. 그래서 거듭 강조하고 또 강조하는 거란다. 뿌린 대로 거둔댔어. 너의 말과 행동, 몸에 배인 습관이나 태도는 부메랑이 되어 반드시 다시 너에게로 되돌아오는 법이야. 하는 만큼 되돌려 받는다는 말이기도 해. 무언의 태도는 그렇게 무서운 법이란다.

〈돈의 속성〉을 쓴 김승호 회장은 약속 시간만 잘 지켜도 성공할 사람이라고 했어. 시간 개념이 정확한 사람은 일도 정확히 해낸다더라. 게다가 인사까지 잘하는 사람이라면 반듯한 자세에 믿음이 간대. 이만하면 태도가 운명을 바꾸고도 남을만하지?

이직이 자유로운 서비스 직업의 미용계에서 37년을 보내면서 엄마는 정말 많은 직원을 경험했어. 참 다양했지. 성격도 성품도 성향도 천차만별이더라.

더러는 속임수를 쓰기도 하고, 저임금을 불만으로 행동이 불

성실한 직원도 있었어. 코앞에서 5분 지각을 밥 먹듯 하는 직원도 있었고, 고객 앞에서 얼굴을 붉히고 까칠하게 굴어 난감한 경우도 종종 있었단다. 휴가까지 다녀와서 그만두겠다고 말하는 무책임한 태도를 가진 직원도 있었어. 무단결근에 온다 간다 말도 없이 사라지는 경우도 있었지. 툴툴거리는 사람, 무시하는 표정 등등. 긴긴 세월을 보낸 만큼 태도의 중요함을 두루 많이 겪었단다.

그중 가장 기억에 남는 사람은 역시나 시간을 잘 지키고, 태도가 바른 직원이었어. 사람은 사람을 통해 배우고 성장을 하지. 그래서 운명이 바뀔 만큼 태도는 중요하단다.

8. 인생의 큰 그림을 그려라

'○○대학교 건축학과 ○○학번 ○○○'

딸이 고3때 썼던 문구였는데 지금도 그때를 생각하니 가슴이 뭉클해진다. 너의 방문 앞에 당당하게 써 붙여두고 이미 합격한 학생처럼 열중했던 거 기억하지?

학생이라면 누구나 한 번쯤은 미래를 고민하고 지도를 그려 본 경험이 있을 거야. 딸도 예외는 아니었단다. 아주 모범적이었지. 철저하게 준비하는 수험생의 자세로 후배들에게 모범이 되기도 했었어. 너의 소원이 담긴 보물지도는 동네 학부모들에게도 인기였지. 인생의 큰 그림은 청사진과도 같아서 인생의 미래를 만들어 주기에 충분하더라.

대학에 진학하면서 이미 큰 그림의 효력을 체험해 본 딸아!
일본을 넘어 나에게도 〈보물지도〉 신드롬을 일으켰던 모치

즈키 도시타카는 미래일기를 적으라고 하더라. 페이지마다 공감되는 부분이 많아서 읽는 동안 흥미진진했어. 책 마지막에서 만나게 된 나의 미래일기 페이지는 아주 쇼킹해서 눈물이 날 정도였어.

지금 당장 내 모습도 모르겠는데, 5년, 10년 후의 모습을 기록하라더라. 육하원칙에 맞춰 아주 구체적으로 쓰라는 거야. 나의 미래일기를 작성하는 일은 실로 어마어마한 충격이었단다. 새벽까지 잠을 잘 수가 없었어. 보이지 않던 나의 미래가 내 손으로 마구 그려지고 만들어져 가고 있었거든. 그때 알았어. 내 삶은 선택하고 그리고 상상하는 대로 만들어진다는 걸 말야. '마법' 같은 나의 보물지도를 소개할게.

- 나의 목표: 5층 건물 갖기(약 80평)
- 용도: 한부모 가족 거주센터 설립
- 구조: 1층- 미용실, 편의점, 세탁소(수선실), 카페

  2층- 소아과 병원, 심리 상담소 또는 명상센터

  3, 4, 5층- 입주자 거주 15개실 (룸 하나는 주인세대)
- 완공 일자: 2024년 12월 30일(내 나이 59세)
- 꿈을 이룬 기분이나 광경은? : 무한 감사, 감동의 물결이다.
- 기뻐 해 줄 사람 : 가족, 고객님들, 도반님들, 지인과 친구들.
- 꿈을 이루게 도움을 준 사람: 책 속 성공자들, (팀페리스, 모치즈키 도시타

카 등).

- 개관식 축하 장소: 옆에는 개천이 흐르고 따뜻하고 기운이 좋은 양지 바른 센터.
- 개관식에 참가한 사람: 가족, 친구, 지인, 100명 안팎.
- 잡지에 실린 기사 제목은: '인내의 여왕 희망 전도사'

꿈을 이루는 과정에서 인상적이었던 일, 즐거웠던 일, 배운 점, 과제, 극복한 점, 꿈을 이루는데 효과적이었던 일은 무엇이 있었는지, 꿈이 이뤄지면 인생이 어떻게 전개될 지, 어떤 변화가 생길지 등등 작가가 이끄는 대로 적어 보았어. 너라면 엄청난 이 상황에 잠이 왔겠니?

벌써 5년 전의 일이야. 갑자기 구체적인 나의 꿈과 목표가 눈에 선명해지더라. 그전까지는 막연했던 삶이었어.

"도대체 나를 어디다 써먹으려고 이렇게나 시험을 하실까?"

힘들고 지칠 때마다 푸념을 노래 삼아 했단다. 그랬던 나의 미래가 아주 구체적으로 목표가 되어 선명하게 나타나지 않겠니? 얼마나 들뜨고 흥분되던지, 지금도 생생하다. 도시타카의 말대로 '마법' 같은 힘이 있었어.

인생의 큰 그림이 주는 효과를 크게 느껴보았던 딸아!

너의 아름다운 인생을 위해 큰 그림을 그려라. 너의 인생을 비춰 줄 등대가 되어줄 거야.

특히, 늘 그 자리를 맴돌아서 답답하게 느껴질 때면 더욱 자세하게 구체적으로 글로 쓰고 그림으로 그려보렴. 시각화의 효과는 글보다도 더 강력하다는구나. 얼떨결에 미래를 적어보는 것만으로도 마인드가 바뀌더라. 나도 모르게 모든 주파수가 그 쪽에 맞춰져 있는 듯 했어. 행동과 말은 물론, 나의 의식 또한 목표를 향해 집중되고 있음을 느꼈어.

"아무거나 주세요" "김치찌개, 제육볶음 주세요"
식당에서 아무거나를 주문하는 사람은 없을 거야. 정확하게 시켜야 원하는 걸 가져다주잖아.

평범한 일상에 진리가 있음을 감지 못하고 그냥 살았단다. 정확하게 구체적으로 주문해야 한다는 사실만 알아도 시간 낭비는 안 하겠더라.

원하는 걸 그림으로 그려서 표현하고 글로 쓰고 기다리기만 하래. 모든 건 시차가 있다는구나. 때를 기다릴 줄도 알아야 해. 한꺼번에 다 이루어지면 감당할 수 없을까 봐, 신이 큰 배려를 하는 거란다.

엄마가 딸에게 한꺼번에 책 읽히고 청소시키고 심부름까지 시킨다면 폭발하겠지? 그런 이치를 깨닫는다면 시간까지 정하는 게 맞아. 언제 이루어졌으면 하는지, 무엇을 어떻게 성취하고 싶은지, 큰 그림을 그려봐. 아주 정확하고 선명하게 그리렴.

가끔, 엄마는 어느 목사님이 하셨다는 말이 생각나서 노총각 손님들에게 짓궂게 묻곤 한다.

"어떤 여자를 만나면 좋겠어요?" 농담처럼 툭 던지는 질문에 돌아오는 총각들의 대답이야.

"글쎄요, 착한 여자면 되는데……"라고 말끝을 흐린단다.

이제 알겠니? 얼마나 구체적인 주문으로 미래를 적어야 하는지를 말야.

피부 색깔은?

키는 얼마나 되면 좋을지?

이목구비의 모양은 어떠했으면 좋겠는지?

나이 차이는 어느 정도까지 가능할지?

몇 살에, 몇 월에 결혼을 할 건지?

생김새에 대한 조건도 사실적으로 요구하고 기도해야 통한다는 설교는 사뭇 놀라웠어. 예외는 물론 있겠지만, 아직도 싱글로 청춘을 보내고 있는 고객님들의 막연한 대답에서 혼자인 까닭을 엿볼 수 있었단다.

인생의 그림이 반드시 뚜렷해야 한다는 사실을 학생 고객님한테서도 배운단다.

학교를 지망할 때도 그렇더라.

비행기가 하늘을 날기 전, 어디로 갈 건지 노선이 정해져야 비로소 날아오르듯이, 가고 싶은 대학을 정하는 것이 우선일 거야. 목표 없이 무작정 공부만 한다면 목적지 없이 출발하는 여행과도 같을 거야.

"성적 나와봐야 알아요." 하는 학생은 결과도 만족스럽지 않더구나. 인생의 그림이 분명하고 명확해야 하는 이유는 상황이 다양해.

딸아, 엄마는 보물지도가 좀 더 가치 있는 삶이 되도록 인도해 주던데, 인생의 큰 그림을 그려보면 어떨까? 물론 훨씬 계획적으로 살아가는 딸이라 믿고 있지만, 혹시 놓치고 살까 봐 하는 말이란다.

9. 평생 자기 계발해라

자기 계발은 나를 지극히 사랑하는 기도다.
죽을 때까지 나 키우기를 멈추지 마라.

- 김미경 -

코로나 발병 이후, 80%의 직업이 없어지고 90%의 직업이 생겨난다는데, 엄마는 체감이 안 돼. 이 커다란 새로운 변화에 적응하는 방법은 공부만이 살길이라고, 많은 지식인들은 강조하고 있더라. 팬데믹을 보내면서 무슨 공부를 해야 할지, 혹시 생각해 본 적 있니?

어떤 기회가 온다고 그 힘든 공부를 또 하라는 걸까?
학교 다닐 때도 안했는데, 이제서야 새삼스레 공부가 될까?
공부를 하면 경제적 수준이 달라지고, 돈의 그릇도 달라진다는데, 과연 그 말이 사실일까? 도대체 왜 그리 공부 공부하는지, 앞으로 살아가는데 공부만 한 것이 없다고 하는 이유를 좀 알아봐야겠어.

24시간도 채 지키지 못하면서 다이어트를 매번 다시 시도하는 딸!

자기 계발이 도대체 뭘까? 엄마는 두꺼운 책이라도 읽어야 하나, 글로벌하게 영어 단어 하나씩은 외워야 하나 싶어 겁먹었단다. 그래서 회피했어. 그런데 자기 계발 그거 별거 아닌가 봐. 자신의 변화와 성장을 위해 노력하는 거라네. 하루 만보 걷기 어플을 사용해서 죽어라 걷는 것도 그럼 자기 계발인 거지? 자기 분야에 필요한 책을 읽어도 되는 거잖아?

난독증으로 책을 거부하는 딸에게 자기 계발은 어떤 의미일까? 뭐든 하고 보는 엄마도 자기 계발이라 하면 거부감부터 생기는데, 욜로 시대에 사는 딸에게는 얼마나 먼 나라 얘기 같을까? 즐겁게 살더라도 미래 준비는 안할 수 없으니, 성장을 위해 귀 기울여 보자구나.

'자신을 사랑하는 기도다.'

김미경 강사는 자기 계발을 '기도'라고 표현하더라. 어제도 오늘도 그리고 1년 후에도, 늘 TV나 보고 맛집이나 찾아다니면서 살면 행복이 유지되느냐고, 코로나가 물러가기만을 기다리다간 설 자리도 없어진다고, 미래에 살아남기 위해 기도하란다.

세상의 변화들은 우리가 다 원한 결과겠지? 간편한 게 좋고, 빠르면 더 좋고. 우리가 그리 주문을 하니 별수 있겠어. 살기 좋은 세상이라고 부추기는데, 세상은 자꾸 변해갈 거야. 세상은 변하고 일자리는 기계로 대체되고, 너무나 무섭게 빠르게 변해가는 세상을 어떻게 살아야 될까?

기계가 대신해 주면 우린 손 놓고 편하게 놀면 되는 걸까?
놀아도 먹고사는 데는 걱정이 없을까?
놀고 먹고 하는 일도 없다면 무슨 재미로 살지?
날마다 놀면 의미가 있을까?
돈은 어떻게 만들어 써야 할까?
물가는 오르고, 오라는 곳은 줄고, 변화무쌍한 세상에 살아갈 일이 까마득하지 않니?
참, 걱정도 팔자라더니 젊어서 하던 버릇 여지껏 못 버리고 세상 걱정 혼자 다 하고 있나 봐. 정작 너희는 덤덤히 받아들이고 있는데, 안 해도 될 걱정을 사서하고 안달이지?

"취미로 배우는 걸 제2의 밥벌이가 되게 하라"

김미경 강사의 이 말을 딸은 어떻게 생각해?

취미는 취미일 뿐, 취미가 돈이 될 수 있을까?

엄마는 그저 취미는 재미 삼아 설렁설렁하는 거라고 생각했어. 돈벌이가 된다는 생각을 미처 해 본 적이 없단다. 사람이 살다 보면 변수가 생기기 마련이라고, 그때를 대비해서 취미 하나쯤은 단단히 준비하란다. 그럴 수 있겠지? 앞날은 아무도 모를 일이니까.

운동이 밥벌이가 되고, 뜨개질이 돈이 될 수 있다면 적극적으로 해야지. 꾸준히 하기만 하면 취미로 그리던 그림을 가르칠 수준으로 발전하고, 여차하면 제2의 직업이 될 수 있다는 말인가 봐.

그렇다면 자기 계발은 돈과도 결부된 걸까?

운동을 하면 사람을 만나고 소통을 해야 되는 거잖아. 사람을 만나는 것도 따지고 보면 돈으로 이어지는 거야. 혼자 잘 살수 있으면 아무도 만나려고 하지 않겠지? 귀찮은데 왜 만나겠어. 도움이 안 된다면 집에서 잠이나 자고 쉴 테지. 살아남기 위해 움직이고 끊임없이 사람을 찾아다니는 거란다. 돈과 직결되어 있어서 그토록 자기계발을 강조하는 거였어.

'고인 물은 썩는다'

물뿐만 아니라 생각도 의식 수준도 마찬가지겠지.

3개월 동안 아무것도 안 하고 텔레비전만 시청하면, 박사 출신이나 유치원 문턱도 못 가본 사람이나 수준이 똑같아진다네. 텔레비전을 '바보상자'라고 하더니 그래서 나온 말인가 봐. 바보상자에 정신을 빼앗기고 사는 날이 많다면 고인 물과도 같은 상황이겠네. 고여 있어도, 멈춰 있어도 썩기는 매한가지니, 흘러가도록 길을 터주는 게 현명하겠지.

드라마 스토리에 감정이입이 되어 전편을 몰아보는 딸!
스토리에 감정이입이 된 김에 다음 순으로 연애 소설이라도 읽으면 어떨까? 흥미롭게도 삼성가의 여자들은 소설책을 무조건 읽힌다더라. 소설의 기승전결의 구성에서 균형과 조화를 배우고, 이야기의 마무리에서 책임을 다하는 자세를 익히게 한대.

최고의 CEO를 꿈꾸는 딸아!
재미 위주의 드라마도 보고 짬짬이 소설책까지 읽으면 책임감의 진수를 제대로 배우겠구나. 짜릿한 연애소설에 재미를 붙이면 난독증도 극복할 테고, 그리만 된다면 더 바랄 게 없겠어.
감성은 풍부해지고 소통에는 걸림이 없는 사람. 공감 능력까지 뛰어나다면 인기 만점인 리더가 되겠네? 그래, 바로 그거야. 그래서 공부만이 살 길이라고 자기 계발을 강조하는 거였어.
역사상 가장 성공적인 동기부여 전문가로 칭송을 받고 있는 〈백만장자 메신저〉의 저자 브렌든 버처드는 여동생의 연애 상담을 해주려고 책을 읽었다는구나. 무엇에 관심을 갖고 공부해 왔는가는 동기부여가 되고, 성공 가도를 달리게 하는 계기가 될 수 있단다.

'부자가 3대를 못 간다'는 옛말은 왜 나온 걸까?
엄마가 딸을 위해 집을 주고 땅도 주고, 가게까지 모두 차려 준다면 어떨 것 같니?
있는 거 홀라당 까먹고 없애버릴까?
놀러만 다니고 거지 같이 살고 싶을까?
아닐 거야. 어떻게라도 지켜내겠지. 더 키우고 늘려가려고 노력하지 않겠니?

물려받은 게 많다고 소문난 백종원씨가 정말 다양하게 노력하는 걸 봐. 그가 꾸준히 인기를 잃지 않고 번창하는 것도 부단히 노력하는 모습을 보여주기 때문일 거야. 지켜내려면 끊임없이 노력하고 성장해야 살아남을 수 있단다.

지극히 너를 사랑하는 기도를 멈추지 마라. 그래야 너를 지켜낸다. 성인이 된 딸에게 잔소리해 줄 사람은 아무도 없어. 너를 위한 채찍은 유일하게 너만이 할 수 있다는 사실을 잊지 마라. 평생 자기 계발하는 이유란다.

10. 좋은 습관이 좋은 삶을 만든단다

운명은 그 사람의 성격에 의해서 만들어진다.
그리고 성격은 그 사람의 일상생활의 습관에서 만들어진다.
그러기 때문에 오늘 하루 좋은 행동의 씨를 뿌려서 좋은 습
관을 거두어들이도록 하지 않으면 안 된다.
좋은 습관으로 성격을 다스린다면 그때부터 운명은 새로운
문을 열 것이다.

- 데커 -

한때 아침형 인간이 성공자의 마인드라고 대중매체에서 유
난히 시끄럽게 떠들었지. 좋은 습관이 좋은 삶을 만든다는 말일
거다. 우리 이쁜 딸은 어떤 라이프 스타일을 가졌을까?

엄마가 20대 미스시절에는 잠자는 시간이 그렇게 아깝더라.
새벽 2-3시까지 특별히 할 일도 없으면서 시간을 죽이고 놀았
어.

밤 10시부터 2시 사이는 성장 호르몬이 왕성하게 분비되는 시간대라는 것도 몰랐지. 아무도 가르쳐 주지도 않았을뿐더러 관심도 없었단다. 가르쳐줬어도 귀담아 듣지도 않았을 거야.

왜냐구? 젊었으니까! 청춘을 불사르고 싶었던 거지. 지금 너희들처럼 엄마도 피가 끓던 시절이 있었단다. 그리고는 다음날 아침에 괴로웠어. 기본 7시간은 자야 건강한 하루를 보낼 수 있다는데, 제법 반항적인 청춘을 보냈지. 젊었다고 그리 살아도 되는 줄 알았단다.

잠자는 시간이 아까웠던 내가 딸을 낳고 어땠는 줄 아니? 매일 수면 부족이라고 징징대고 짜증을 냈어. 애 키우느라 잠을 못 잔다고 여기저기 투덜거렸으니, 밤새워 놀던 옛 기질은 어디로 갔는지 모를 일이야.

'밤낮이 바꼈다'

백일 전에 밤잠을 안 자는 애기한테 어른들이 표현했던 말이란다. 딸도 그랬어. 아주 심각했지. 새벽 2시면 초롱초롱 빛나는 눈을 하고 놀자더구나. 엄마랑 아빠 잠을 자야 일을 하고 육아도 할 텐데, 밤낮이 바뀐 너는 마냥 밤새워 놀자는 통에 죽을 맛이었어. 아마도 육아에서 가장 어려운 점이 그런 게 아니었나 싶어. 미스 때는 밤을 새워도 행복이라 여겼는데, 엄마가 되고

서는 잠을 못 잔다고 말하다니 아이러니 하지.

결혼 적령기에 있는 딸아! 결혼하고 아이를 낳으면 육아 문제로 밤잠을 설친다면 본래 가진 패턴이라 여기면 짜증이 덜 할거다. 생각의 전환은 곧 너를 위해서란다.

좋은 삶을 만드는 건 작은 습관에서 시작되더라. 일상의 뻔한 것들을 감사히 여기는 마음이 그래. 잘 먹고 잘 자고 잘 비워내는 건 최상의 행복이라 했어. 고마운 걸 고맙다 하고, 감사한 것에 감사할 줄 아는 몸에 배인 습관이 좋은 삶을 만드는 지름길이란다.

"자고 일어나서 화장실 소변 보는 일이 얼마나 행복한 일인지 아세요?"

어느 날 단골 고객님이 물었던 말이야. 잘 먹고 잘 싸는 게 최고 복이라잖아. 그 대단한 진리를 경험하셨단다. 우스갯소리인 줄 알았는데 삶의 철학이 담긴 말이었다나 봐. 생리적인 현상이 자유롭지 않아 죽을 고비를 넘기고, 그게 그렇게 고마운 일이라는 걸 새삼 알았대.

이처럼 너무나 당연한 것엔 고마움을 모르고 살지만, 뻔한 일상에도 감사할 줄 알아야 하는 좋은 예더라. 맘껏 무한 리필이 되는 공기는 또 얼마나 고맙니? 그저 숨을 쉴 수 있어도 감사한 일인 것을 예사로 넘겼어. 긴 장마에 꿉꿉하고 습할 때를 생각해 봐. 햇살의 감사함은 저절로 생긴단다. 작은 것에 감사할 줄 아는 마음이면 충분해.

〈타이탄의 도구들〉을 쓴 팀페리스는 집을 나설 때, 성큼성큼 걸어 보고, 코로 숨을 세 번 크게 들이쉬고 후 내뱉어보래. 바로 그 순간이 최고로 행복하다더라. 코로 숨을 쉴 수 있고, 냄새를 맡을 수 있는, 오감을 느끼는 것부터 시작이란다. 성공한 사람들은 특별한 것이 있는 줄 알았는데, 별거 아니었어. 내가 가진 것에 감사하기 시작하면 이미 성공한 인생이래.

시시하다고 웃지 않았으면 좋겠어. 몇 개월 따라해 봤는데 쉬운 일이 아니었거든. 궁금하면 바로 시도해보렴. 당연하다고 여기는 것에 감사하기란 말처럼 쉽지 않아. 성공을 크게 생각하고 소중한 걸 잊고 사는 건 아닌지 돌아보면 좋겠어.

좋은 삶을 원한다면 들어오고 나가는 숨을 바라보는 명상을 생활화하란다.
부정적인 생각들이 영혼의 순수함을 갉아먹는 느낌을 받아 본 적 있니? 구석구석 뭉쳐서 고통과 통증을 느낀다면 그것들은 모두 네가 만든 감정 덩어리가 주는 느낌이래. 명상으로 너의 내면과 깊이 만나고 대화해 봐. 몸의 상태를 알아차리는 것만으로도 불편한 증세들이 사라지는 걸 느낄 거야, 마음이 정화되면서 의식은 밝아지고, 긴장했던 몸 상태는 편안하게 이완된단다. 순수한 기운이 너의 실체라는 것도 알게 될 거야. 좋은 습관으로 좋은 삶을 만들어 가는데 명상만한 것도 없을 거다. 나의 경험으로는 그랬어.

좋은 삶을 꿈꾸는 딸아!

살다 보면 더러 몸 구석구석이 찌뿌둥해서 짜증이 날 때면 바로바로 풀면서 살아야 된다. 무거운 몸이 삶의 질을 흐리게 하고, 부정적인 감정이 몸에 쌓이면서 건강을 해친단다. 몸을 두드리기만 해도 기분전환이 될 테니, 콩콩 두드리고 셀프 치유를 생활화해라. 1분이라도 좋으니 두드리고 당기고, 늘려 주고 흔들어 주는 자연 치유의 명상으로 좋은 습관을 들여 봐.

"진지 잡수셨어요?"
"밤새 안녕히 주무셨어요?"

엄마가 자랄 때는 끼니 때 어른을 만나면 반갑게 건강을 여쭙는 게 당연했어. 자고 나면 부모님께 습관처럼 문안 인사를 하고 살았단다.

눈을 뜨고, 숨을 쉬고 살아있음에 감사해야 함을 우리 조상 님들은 이미 가르치고 있었어. 흔한 일상에서 감사를 일깨워 주신 거야. 그 지혜로움을 무시하고 살았으니, 어른들 보시기에 얼마나 배은망덕해 보였을까?

4부.

딸에게
꼭 물려주고 싶은
10가지 습관

1. 작은 것도 꾸준히 하면 습관이 된다

나는 한 권의 책을 책꽂이에서 뽑아 읽었다.
그리고 그 책을 꽂아놓았다.
그러나 나는 이미 조금 전의 내가 아니다.

- 앙드레 지드 -

딸아! 예나 지금이나 가장 많이 하는 엄마의 잔소리 1순위가
뭐라고 생각하니?

'일찍 자고 일찍 일어나라'

유치원생도 아는 이 작은 습관을 우리 딸은 자꾸 잊고 사나
봐. 잠 잘 자는 게 보약이라지만, 해가 중천에 뜰 때까지 자는
건 너무 게을러 보여서 눈살을 찌푸리게 되더라.
일찍 자고 일찍 일어나면 좋은 점이 많다는데, 뭐가 좋다는
건지 같이 좀 볼래?

남녀노소 누구나 윤기 나는 피부를 선호하잖아. 물광 피부를 갖고 싶다면 일찍 자란다. 미인은 잠꾸러기라고 하더니 괜한 소리가 아니었나 봐. 어쩌다 피곤해서 일찍부터 푹 자고 일어나면 왠지 얼굴이 촉촉해진 기분이었는데, 기분이 그런 게 아니라 근거가 있는 말이었네. 게다가 다친 상처가 빨리 났고, 피부 재생력이 빠르단다. 혹시라도 상처가 생긴다면 일찍 자는 것도 치료에 도움이 된다니 나도 적용해 봐야지.

날마다 피곤하다고 노래를 부르는 딸!
일찍 잘수록 만성 피로감이 사라지고, 면역력이 쑥쑥 올라간대. 온 세계가 바이러스로부터 자유롭지 않아 면역력을 걱정하는 시대잖아. 일찍 잠자리에 드는 것만으로도 면역력쯤은 자동 생산된단다. 또, 수면의 질이 좋아지면 집중력도 좋아지고, 성장 호르몬이 왕성해서 노화 진행도 더디 된다더라. 일찍 자고 일찍 일어나는 습관을 기르면 보약이 따로 필요 없겠어.
좋은 점이 이렇게나 많았다니, 하고 싶은 게 많아도 잠자는 걸 뒤로 미루면 안 되겠어. 당장 오늘 밤부터 폰을 멀리 두고 일찍 잠자리에 들자.

책장을 넘길 일이 거의 없는 딸아!
언제나 손에는 폰이 들려있어야 마음이 편하지?
오늘은 핸드폰에서 무얼 보며 시간을 보냈니?

엄마는 항상 딸이 뭘 보는지, 무엇이 너의 시선을 끄는지, 모든 걸 검색하는 것으로 대신하는 딸을 보면 그런 게 정상인지 걱정부터 앞서는데, 괜한 걱정일까?

생각도 없어 보이고, 자기만의 색깔도 개성도 없이 유행만 따라 사는 느낌이야. 외모는 물론이고, 즐겨 하는 행동까지 따라쟁이들처럼 똑같아 보여. 무엇이든 검색하는 세대라서 그렇게 보이는 걸까?

"이쁜 딸, 사람의 뇌는 호두알처럼 쭈글쭈글 주름이 많아야지, 똑똑한 사람이 된대. 그렇게 만드는 가장 좋은 방법은 바로 좋은 책을 날마다 읽어주는 거란다."

바쁘다는 걸 핑계로 책 읽을 시간이 없다는 딸, 네가 어릴 때 책을 펼칠 때마다 엄마가 자주 했던 말이었어. 기억나니?
우리나라는 대통령이 통치하잖아, 우리 몸을 관할하는 건 복잡하게 생긴 '뇌'가 한다는구나.
묵묵히 애쓰는 뇌를 챙기는 것도 사용하는 주인으로서 마땅히 할 일이래. 뇌를 유익하게 사용하지 않으면 뇌의 주름이 평평해지면서 늙어 가는데, 양서라는 양분을 먹여주면 나이를 먹어도 주름이 펴지는 현상이 더디 온다는구나.
언제부턴가 기업의 면접관들이 이구동성으로 아쉬움이 가득해서 하는 걱정의 말이 있대.

**"검색만 하다 보니 생각은 얕고, 독창성이 없어서 함께 일할
만한 인재가 안 보인다"**

책 읽기를 최고로 여기는 기성세대 어른이라면 한결같이 하
는 걱정일 거야. 그래서 하는 말인데, 딸아, 바빠서 책 읽을 시
간이 없다면 출퇴근길에 드라마 보는 대신 오디오북이라도 들
어 봐. 그렇게라도 양분을 준다면 너의 뇌가 좋아할 텐데, 뇌가
반응하는지 확인해 볼래?

엄마는 눈이 시어서 책 읽을 엄두가 안 날 때, 종종 듣곤 하는
데, 꽤나 흥미롭고 유익해. 같은 글인데도 읽어주는 사람의 목
소리에 따라 느낌이 다르고 전달력이 다르더라. 가끔 좋아하는
목소리를 찾다 보면 새로운 글을 다양하게 만나서 행복해진단
다. 오디오북의 글이라도 매일 조금씩 꾸준히 듣다 보면 박학다
식해지고, 유익하게 쓰임이 있지 않을까?

〈아주 작은 습관의 힘〉의 저자 제임스 클리어는 습관의 힘이
란 복리로 작용한대. 누구나 처음에는 차이를 못 느낀다나 봐.
꾸준히 하는 게 중요하다네. 몸에 좋은 식품을 챙겨 먹는 것만
해도 그랬어. 효과가 빠르게 나타나지 않아 버리는 게 반이었거

든. 운동을 할 때도 금방 눈에 띄게 좋아지지 않아 쉽게 그만두고 멈추게 됐지. 뭐든지 시간이 가고 습관이 쌓이면서 엄청나게 달라진다는 걸, 말 해줘도 꾸준히 하기란 결코 쉽지 않은 일이래. 유일한 방법은 반복하는 것뿐, 다른 방법이 없단다.

'100번만 반복하면 당신의 무기가 된다'

클리어는 습관의 힘은 반복이라고 강조하더라. 운이나 기회라고 말하는 성공마저도 꾸준히 노력해서 얻은 결과란다.

'티끌 모아 태산'이라잖아. 작은 것이 모여야 큰 것이 되는 거지. 한 번에 세 줄 책 읽기도 우스워 보이겠지만, 꾸준히 읽다 보면 한 권의 책을 완성하는 날이 올 거야.

습관은 스펀지에 물 스며들 듯 배는 거란다. 한 방울의 물이 바위를 뚫는다는 표현도 작지만 꾸준함을 강조하는 말일 거야.

작은 것을 꾸준히 습관으로 만들 때는 절대로 빨리, 많이 하려고 하지 말라네. 욕심부터 부리면 지쳐서 미루게 되고, 끝내는 포기하는 원인이 된다고 꼭 명심하란다.

작은 습관도 명확한 목표가 있어야지, 해도 그만 안 해도 그만인 자세로는 아무것도 해낼 수 없다고, 꾸준히 습관이 되게 하란다.

2. 감사하는 마음도 습관이란다

감사하는 마음은 가장 위대한 미덕일 뿐만 아니라
다른 모든 미덕의 근원이 된다.

- 키케로 -

"농부 아줌마, 아저씨, 참 감사합니다"

밥상 앞에 앉으면 오목조목 두 손을 모으고, 꾀꼬리 같은 목
소리로 노래하던 사랑스런 딸의 모습이 눈에 선하다. 어린이집
다닐 때였으니 4-5살쯤 됐을 거야.

"고맙습니다, 감사합니다" 앙증맞게 인사도 잘 따라했지. 자
식 낳아 키우는 재미는 그때가 최고였지 아마. 참 예쁘고 사랑
스러웠단다. 귀여운 아이들을 봐봐. 엄마 마음이 이해될 거야.

임지은 작가의 〈부모라면 놓쳐서는 안 될 유대인 교육법〉을
읽으면서, 천사 같던 딸들이 자라면서 변했구나 생각하니 새록
새록 미안함이 가슴을 파고든다.

'세살 버릇 여든 간다.'

세계적으로 영향력을 끼치며 잘 나가는 유대인들을 보면 그 증거라 할 수 있을까? 그들의 부모는 어릴 때부터 눈만 뜨면 감사를 외치게 하고, 기도문을 외우게 하며 감사하는 마음을 갖도록 교육한대. 그 결과로 세계적인 대부가 탄생하고, 노벨상을 거머쥐는 경우가 연이어 생긴다는구나. 어릴 때 배운 감사의 힘이 정말 그렇게 위대할까?

'칭찬과 감사로 꿈을 요구하라'

성서에도 강조하네. 감사란 누구에게나 잠재되어 있는 마음이며, 모든 문제를 해결하는 '해답'이고, '해결책'이라고 말야.

딸아!
정말 그런지 더 늦기 전에 우리도 감사의 마음을 끄집어내는 연습이라도 해야지 않을까?
"감사할 게 있어야 감사를 하지?"
혹시 또 부정적인 생각부터 하고 있니?
그렇다면 생각을 바꿔야 해. 짜증도 습관이란다. 감사할 게 얼마나 많은지 볼래?

엄마가 곁에서 온갖 투정을 다 받아주고 있잖아. 감사하지?

마스크는 썼지만 덕분에 마스크 미인이라는 말을 듣고 살더라. 얼마나 감사하니?

그 예쁜 눈은 가리지 않아서 사랑할 수 있고, 보고 싶은 거 다볼 수 있으니 감사하지?

배고플 때, 맘껏 찾아 먹으라고 식당들이 줄지어 있더라. 얼마나 감사하니?

쇼핑할 때도 봐, 힘들어 지쳐있는데, 쉬어 가라고 한 집 건너 카페가 기다리고 있잖아. 감사한 일투성이지? 무심하게 당연하다고 생각했던 것들이 모두가 감사할 일이더라.

원하는 인생을 살고 싶지? 그럼 감사하란다. 지금 감사할 게 없다면 부족하다는 생각 때문이래. 잘 생각해 보렴. 마음속에 있는 감정의 저울이 매번 시소를 타는 건 아닌지 말야.

"없어", "못해", "안 돼."

부정적인 감정이 머릿속을 메우고, 속을 뒤집을 때 있잖아. 괴롭히는 감정이 머리에 대롱대롱 매달려 있으면 될 일도 안 된단다. 친구와 시소를 탈 때는 힘센 놈이 언제나 바닥에 있었어. 그런데 감정의 시소는 달라. 무거운 것이 머리 위에 매달려 내려오지를 않는단다.

어릴 적 놀이터에서 탔던 시소놀이를 떠 올려 봐.

균형을 잡으려고 엉덩이를 들거나 무게 중심을 바꿔야 했잖아. 감정도 에너지라서 조절하면 바뀐단다. 부정적일 때는 에너지가 다운되고 원하는 걸 이루기가 쉽지 않대. 시소의 무게를 바꾸듯, 이민규 교수의 말처럼 생각의 각도를 바꿔서 인생의 시소를 타 봐. 감사하는 마음으로 무게를 올려보렴. 아주 쉽게 감정의 위아래가 바뀌는 걸 알아차리게 될 거야.

눈뜨고 살아있음에 감사해 봐. 네가 없는 세상이란 무슨 의미가 있겠니? 그런데 살아있잖아. 살아있다는 건 엄청난 축복이란다.

밤새 자고 일어났는데, 목마름을 해소시켜 줄 마시는 물이 있다는 것도 감사할 일이란다. 아침에 일어나기 싫어도 너를 먹고살게 하는 직장이 있다는 건 또 얼마나 축복이니? 직장도 없이 근근히 살아간다면 좋아하는 마라탕을 습관처럼 먹을 수 없을 거야.

"돈 없어. 나 거지야"

엄마도 한때는 부족한 내 삶이 싫어서 항상 없음에 주파수를 맞추고 살았어.

그 대가로 딸들을 지하방에서 23년을 가난하게 살게 했지.

수재민이 두 번씩이나 되고도 그 부정적인 생각을 바꿀 줄 몰랐단다. 아무도 말해주지 않았어. 알지도 못했고, 나의 생각이 내 삶을 만든다는 것도 몰랐어. 없이 사는 팔자타령만 노래 삼아 했더니 쭈욱 그렇게 살게 되더구나. 살아 숨 쉬는 것만으로도 감사할 일인 것을 미처 모르고 살았단다.

"너 때문이야"

'때문'이라는 단어를 '덕분'이라고 바꿔 봐. 단어 사용만 가려해도 많은 것이 달라지더라.

'덕분입니다'를 전하는 덕분 스님 덕분에 엄마도 말버릇을 바꿔야한다는 걸 깨달았어.

평생 몸에 밴 부정적인 말 습관이 내 입에 붙어서 툭툭 튀어나오지만 노력하고 있단다.

감사하는 마음도 습관이더라. 엄마의 삶도 감사하는 마음이 생기면서부터 바뀌기 시작했어.

어느 날 부처님 앞에 합장하고 섰는데, 그 자리에 서있는 내가 너무 감사하더라. 새벽잠을 자느라 일어나지 못했다면, 그 새벽 공기의 아름다움은 만끽하지 못했을 거야. 가고 싶을 때 갈 수 있고, 하고 싶을 때 할 수 있는 건 더할 수 없는 큰 행복이란다. 변수가 얼마나 많은가를 생각하면 그저 "감사합니다"가 입에 붙어있어야 해. 존재하는 자체가 감사할 일이지. 아마도 그때 알았던 거 같다. 감사하는 마음이 행복의 시작이라는 것을.

무언가를 가져야 하고, 이루어야 하고 그래야 감사할 거 같지만, 감사는 선택하면 되는 거란다. 뿌린 대로 거둔다잖아. 감사의 마음을 씨로 심으면 감사할 일이 생기지 않겠니?

물을 마시면서 감사하고 숨을 쉬면서 감사하다 보면 없어서 고통이었던 마음이 감사함으로 바뀔 거야. 감사하면 할수록 감사할 일들이 줄지어 쏟아져 나온단다.

'시크릿'의 원리는 감사였어.

3. 기적을 만드는 메모
(일기 쓰기는 친구이며 애인이고 내 자신이었다)

어릴 때 일기 쓰기는 시켜서 쓰는 숙제였다.
결혼하고 임신해서 쓰는 일기는 새 생명의 존귀함을 담아내
는 육아 일기였다.
삶이 나를 속일 때 하소연하며 썼던 일기는 친구였고 애인이
었으며 표류하는 나 자신이었다.

- 나에게 일기 쓰기란 -

'기록하라', '쓰면 이루어진다', '적자생존' 성공 프레임이 난무
하면서, 쓰기를 강조하는 말들이 줄지어 쏟아져 나온 때가 있었
어. 나에게 메모란 성공보다는 기적에 가까운 좋은 습관이었지.

심플하게 달랑 폰 하나만 있어도 되는 딸은 메모장을 따로
챙기라는 말이 이해가 안 될 거야.
우리 때는 강연을 들으면서 메모하고, 생각이 떠올라도 메모
했어. 심지어 전화번호도 메모장에 적어야 했단다. 메모장 없이

는 소통이 어려울 만큼 귀한 소지품이었어.

끄적거리는 걸 습관처럼 해야 했던 그 시절엔 메모장이 필수였던 이유가 또 있단다. 계절이 바뀔 때면 문학소녀처럼 센치해지고, 시인이라도 된 양 시를 썼거든. 말로 표현하기 힘든 감성을 마음껏 표현할 수 있었던 것도 메모하는 습관 덕분이었어.

아름다운 하늘을 좀 봐. 구름이 우리에게 무한한 자유를 가르치고 있어. 바람의 소리는 또 얼마나 정겨운지 몰라. 살랑살랑 살갗을 때리다 말고 금세 가슴을 비집고 쑥 들어와 마음을 뒤흔든단다. 이파리마다 수줍은 손짓에 반가움을 뽐내는 걸 좀 봐봐. 한들한들 콧노래가 절로 나고, 리듬에 맞춰 폴짝폴짝 춤을 추게 하지. 젊었을 때는 이런 걸 취미 삼아 메모했단다.

"짐 정리를 하는데 언니가 써준 편지가 나왔어. 반가워서 울고, 내 젊은 날이 그리워서 울고. 글쎄 구구절절 꽃다운 시절을 예쁘게도 썼더라고, 나도 그런 때가 있었구나 싶어 한참을 울었어. 고마운 언니를 찾으려고 검색도 하고, 물어물어 겨우 찾았어"

연락이 끊겼던 은화 이모가 20여 년 만에 들뜬 목소리로 전화를 다 했어. 정성 어린 마음은 20여 년이 지나도 지워지지 않나 봐. 행복하고 설레었던 순간을 글로 담아줬던 것이, 미용 공부를 같이했던 동생에게는 삶을 되돌아보는 시간이었다나 봐. 구석에 박혀있던 편지글이 세월이 흘러도 잊고 지낸 사람을 다시 이어주다니 기적인 거지.

딸 요즘은 좀 어때? 푸념이라도 하면 좋으련만, 혼자 삭이는 딸 생각에 안타깝기만 해. 친구는 하나둘, 결혼을 하고, 텅 빈 마음에 쓸쓸할 텐데, 쏟아 낼 좋은 방법이라도 찾았는지, 혼자 덩그러니 보내는 건 아닌지 허구한 날 엄마는 딸 걱정뿐이란다.

지난 겨울 설악산을 기어이 혼자 다녀오겠다고 고집을 피울 때는 딸 걱정에 밤잠을 설쳤어. 딸아, 산행을 날마다 하기는 어렵잖아. 답답한 마음을 주체할 수 없을 때는 일기라도 써봐. 마음을 글로 쓰다 보면 무거웠던 것들이 후련해지던데, 혼자 겁 없이 겨울 산을 가느니 마음 달랠 방법을 가까이서 찾으면 안될까?

어디선가 봤는데, 일기 쓰기는 신과 나누는 대화라고 했어. 일기를 쓰다 보면 혼자라는 생각에 감정이입이 되어 더 우울했는데, 대화라는 말에 왠지 위로가 되네. 가끔 막막하고, 하소연하고 싶잖아. 그럴 때 일기를 쓰면 엄마는 한결 가볍더라.
친구에게 넋두리라도 해 봐. 답을 원한 게 아닌데, 엉뚱하게 답을 주려는 통에 호히려 짜증을 보탠단다. 그래서 엄마는 일기를 썼어. 장점도 아주 많아.

시간과 장소의 구애도 받지 않고, 누군가가 볼 걱정도 없어. 자유롭게 마음 가는 대로 푸념하듯 마구 쓰면 돼. 몰입해서 쓰다 보면 언제 감정이 널을 뛰었냐는 듯 해소된단다. 마치 위로해 주는 누군가가 함께해 준 기분이야.

딸아! 솔직한 너를 만나고 싶다면 일기 쓰기를 해 봐. 생각이 막히고 감정이 분산될 때, 머릿속이 복잡해서 정리가 필요할 때, 마음을 나누고 싶을 때, 일기쓰기는 어쭙잖은 취미보다 나을 거야. 진솔한 대화를 나누고 싶은데 마땅하지 않을 때, 부담없이 쓰면 돼. 종이와 연필만 있으면 어디서나 가능해. 요즘엔 폰에다 메모하면 되겠더라.

짜증을 내도 괜찮아. 푸념을 해도 된단다. 아무도 상관하지 않아. 눈물이 나면 눈물로 써도 괜찮아. 털어놓고 싶은 것들이 넘쳐나서 폭발하기 직전일 때 아주 좋아. 일기 쓰기는 나를 만나는 순수한 공간이었어. 있는 그대로의 너를 표현해 줄 사람이 너 자신 외에 또 있을까?
잘 쓰려고 애쓸 필요도 없어. 그냥 손이 가는 대로 쓰면 돼. 너 자신이 마음에 안들 때도 있잖아. 막 욕을 퍼부어도 된단다.

한참을 늘어놓다 보면 진정이 될 거야.

엄마는 일기 쓰는 게 돈 내고 받는 상담보다 좋더라. 심리 상담은 받아보니 시간은 짧은데다가 고개만 끄덕일 뿐, 왠지 뒤끝이 개운하지 않아 답답함만 더했어. 그런데 일기 쓰기는 완전 속이 후련해진단다.

우리 딸이 애인이 필요한데 없어서 외롭다면 나라면 주문하는 일기라도 써보겠어.
"어디서 헤매고 있는 거야 나쁜 놈아"
"눈을 크게 뜨고 잘 보란 말야"
"나는 네가 몇 살이고, 올가을엔 와 줄 거라 믿었었는데 왜 아직 안 나타나는 거야".
"시속 150km로 빠르게 달려와 봐, 얼른!"
안 해봤다면 글로써 주파수를 날려 보렴. 아주 선명하면 빠르게 소원이 이루어진다잖아.

뭐 어떠니? 좀 미친 척한다고 비웃을 사람은 너 외엔 아무도 없단다. 멋쩍을 땐 한바탕 웃어버려. 그리고 유치하면 찢어버리면 되지. 푸념이 필요한 거였잖아. 보관용이 아니었는데 아까울 게 없지. 마음을 비워내는데 아쉬워할 필요도 없어. 감정이란 녀석은 또 찾아온단다. 아쉬우면 다시 쓰면 돼.

우리 딸! 일기 쓰기 하고 있었니? 아니라면 일기 쓰기 좀 해 봐. 기적이 일어날지 누가 아니?

혼자서도 미술관에 작품 전시도 종종 찾아다닌다지?

영감이 번뜩일 때 메모하는 거지? 눈으로만 보면 기억력이 3초도 안 되는 엄마는 돌아서면 잊어버려 짜증나더라. 영감은 순간 스치는 번개 같아서 머무는 시간도 짧고 후딱 사라지잖아. 다시 만나기 어려운 감동의 순간을 놓치지 말고 적으렴. 바쁠수록 더더욱 적어야 해. 그 많은 것들을 기억하고 살기엔 무리야.

누구였더라? 생각 못 하는 엄마를 보렴. 꼭 기억해야지 했는데 새까맣게 까먹어 버렸어. 이래서 메모는 습관처럼 하고 살아야 한다나 봐. 성공한 사람들도 모두 메모하고 기록한대. 그래야 많은 일을 소화 시킬 수 있다네. 기억력은 누구나 한계가 있다는구나.

큰일을 하려거든 메모하는 습관부터 키워야 해. 스트레스 없이 일을 해야 능률도 오른단다.

중요한 미팅에서 깜빡하다 보면 주눅 들고 자신감도 잃게 되는데. 메모하는 습관은 너를 지켜주는 보디가드가 되어줄 거야. 기적처럼!

아무리 폰 하나면 해결되는 세상에 산다지만, 핸드백에 메모지랑 볼펜 정도는 넣고 다니렴. 손글씨가 뇌를 자극해서 예쁜 글씨를 쓰다 보면 젊음도 유지된다더라. 손글씨는 심심풀이에도 그만이야. 무심코 어릴 때 했던 그림일기라도 그려볼지 누가 아니?

　엄마에게 일기 쓰기는 삶의 무게도 덜어 줬을뿐더러, 딸을 키울 수 있는 지혜도 줬어. 아빠 없이도 15년을 거뜬히 살아내게 하는 힘도 줬단다.
　일기 쓰기는 친구면서 애인이고 또 다른 나였던 거야. 쓰는 것만으로도 기적 같은 삶이 되더라.

4. 망설이지 말고 일단 해봐
(작심삼일은 당연하다)

'올해는 기어이 담배를 끊어주겠어', '다이어트! 기필코 성공할 거야'

새해가 되면 두루뭉술하게라도 계획은 세우고 살지. 근데 왜, 작심삼일이 먼저 떠오를까?

대체로 계획을 세울 때는 거창한데 끝은 늘 흐지부지되고 말아서일까?

작심삼일이 될 줄 알면서도 새해가 오면 또 계획을 세우려고 애를 쓰지 않니?

엄마는 한 해 계획을 뭉뚱그려서 세우는 스타일이야. 손가락 사이로 빠져나가는 모래알처럼 슬금슬금 사라질지라도 계획은 세웠단다. 뭐든 시작해 보자는 마음이었어. 비록 작심삼일이 될지라도 자학은 하지 말라네.

"하고 싶으면 그냥 하면 되는데, 잘하려고 억지로 계획을 세우니 그렇다"

법륜 스님은 즉문즉설에서 안 하고 있으면 불안해지는 이유가 억지로 계획을 세워서란다. 그럼 무계획으로 살면 된다는 말일까? 꼭 해야 하는 학교 공부도 아닌데, 거창하지 않아도 하고 싶은 게 있으면 망설이지 말고 일단 해보란다.

완벽한 장소
완벽한 시간
완벽한 준비

대한민국 보통 사람들의 작은 습관을 기록하고, 실천하는 실제적인 방법을 담고 있는, 이범용의 〈습관홈트〉에는 완벽주의가 실행을 망설이게 하는 주범이라고 꼽더라.
완벽이란 자기만의 기준일 뿐, 환경이 다르고, 성격에 따른 경험이 다른 거래. 작은 의지력으로 실천할 수만 있다면 충분하단다.

'밥 한 숟갈 남기기', '한 정류장 먼저 내려서 걷기', '매 순간 감사하기', '화장실 다녀오면 반드시 물 한 잔 마시기'. 이런 작은 습관들은 충분히 실천할 수 있는 것들이지만, 생각만 하고 말았어. 운동을 하겠다고 등록을 하면 뭐 하니? 바빠서 한 번 빠지면 다시는 가기 싫은 걸. 시간 맞춰 가야한다는 생각부터 엄마는 스트레스더라. 그래서 아무 때나 할 수 있는 걷기를 운동 삼아 하기 시작했단다.

예전에 살던 집은 가게에서 도보 20분 거리였는데. 출퇴근 시간을 다 합쳐도 운동하기엔 아쉬운 거리였지. 그다음 이사를 했을 때는 30분 더 먼 거리로 집을 얻었더니 자연스럽게 1시간 걷기가 되더구나. 버스를 기다리느니 그 시간에 걷는단다.

하루의 피로도 풀리고 나만의 시간도 즐기고, 생각을 정리하는 시간으로 아주 좋아. 억지로 시간을 내고 계획을 세울 필요 없이 자연스럽게 운동이 되고, 일석삼조인 셈이지. 너무 욕심부리면 작심삼일의 이유가 되니까, 일단 할 수 있는 만큼 작게 시작하는 것도 방법이더라.

3년 동안 꾸준히 정기적금을 들어서 목돈을 만들었다고 좋아하고 있지?

주식투자는 않고 두려워만 하면서 어디다 쓸까를 연구하는 딸아, 돈이 돈을 벌게 하야지 나이 들어 몸이 덜 힘들 거야. 몸으로 일해보니 끝이 없어. 준비하지 않으면 죽을 때까지 아등바등 일해야겠더라. 노후대비는 빠를수록 현명한 선택이래. 망설이지 말고 일단 해봐.

엄마가 하는 것처럼 장기로 주식 투자를 조금씩 해보면 어떨까?

아무것도 모르던 엄마도 주식시장에 발을 들여놓고서야 귀가 열리기 시작했어. 너의 돈이 일을 하게 주식도 일단 시작해보면 좋지 않을까? 공부한다고 요리조리 판세만 노리다가는 시작도 못 해보고 경제 관념에 혼란만 오겠더라.

'계란을 한판에 다 담지 마라'

주식 세계에서 오가는 말인데, 한 가지 종목에 투자 금액의 전부를 넣고 두려워하지 말라는 충고라더라. 이런 말도 주식을 하면서 알았어. 아직도 나는 '선물'이며 '레버리지'가 뭐라는 건지 잘 몰라. 다만 주식을 하고부터 필요 없는 쇼핑은 안 하고 있어. 심심할 새도 없어. 경제 뉴스에 관심도 없던 내가 틈만 나면 세상 돌아가는 공부를 하고 있단다. 노래를 들었지 '메타버스'같은 신종 용어는 관심도 없던 내가 뉴스 보는 눈이 달라지더라.

적은 돈이지만 투자라는 걸 하다 보니, 조금씩 천천히 모아가면 나 같은 서민에게도 큰 도움이 될 거라는 믿음이 생기고, 미래에 대한 막연한 불안감이 사라졌어.

"나는 싫어, 할 줄 몰라"

두려워서 바들바들 떨던 엄마를 기억하지? 주식 계좌를 개설하면서 얼마나 버벅댔는지 딸이 더 잘 알 거야. 그랬던 내가 이제는 주식의 진가를 주변에 소소하게 알리는 '주식 알리미' 수준으로 살고 있단다. 특히나 돈에 대한 두려움이 컸던 내가 주식을 시작하고 변한 거야. 아날로그인 나도 투자를 시작했더니 흐름을 읽게 되고 방법을 터득하게 되더라.

딸아, 돈이 없어질까 봐 두렵다고 했지?
그렇다면 너의 돈은 오늘도 그랬던 것처럼 내일도 곶감 빼먹듯 찾아 쓰기만 하지, 돈이 돈을 벌게는 하지 않을 거란다.

내가 아는 주식 투자는 큰 시장의 우량주를 늘려가는 거야. 장기 저축하듯 조금씩 늘려가면서 든든하게 노후대책으로 묻어두는 거더라. 물가는 내리지 않는다는 진리에 따른다면, 낮은 가격에 사서 기운 없어지고, 움직이지 못할 때 필요한 만큼만 찾아 쓰면 되겠더라.

복리의 혜택이 큰 장점이라니 젊어서 시작하면 돈 걱정 않고 노후를 보낼 수 있겠어. 경제적 자유를 꿈꾼다면 망설이지 말고 일단 주식도 시작해 봐.

5. 인생을 바꾸는 3가지 방법

아무리 생각해도 인생을 가장 쉽게 변하게 하는 것은 독서이
다.

- 워런 버핏 -

다른 사람을 만나고, 장소를 바꿔가며 시간을 다르게 보내면
인생이 바뀐다고들 하지. 그게 최선의 방법일지라도, 인생을 바
꿔보겠다고 작정을 하지 않고서야 이 바쁜 세상에 번번이 가능
한 일일까? 나는 결코 쉽지 않았어. 그래서 내게 맞는 아주 쉬운
방법을 찾았지. 독서를 하는 거란다.

책이라면 성공한 사람도 만날 수 있고, 멋진 곳을 유람하며
근사하게 시간을 보낼 수 있기 때문이지. 물론 책도 책 나름이
고, 분야에 따라 집중도가 다르긴 해. 끌림에 맡기는 거지. 저자
뿐 아니라 매력적인 표지에 시선이 꽂혀야 손이 간단다. 그때,

쑥 뽑아 보는 거야. 그렇게 만난 저자들의 메시지는 미약하기 짝이 없던 내 정신까지 바꿔놓았어. 글을 쓰겠다고 덤비는 내가 바로 그 증거란다.

틈틈이 시간을 내서 하는 독서가 얼마나 효과가 있겠어. 흐름이 끊기고 흥미를 잃을 때가 대부분이었지. 포기하지 않은 이유가 예쁜 단어에 꽂히고, 인생 터닝 포인트가 되는 한 줄 글귀의 매력 때문이었어. 그나마도 없다면 계속하기 어려운 게 독서라는 작업일 거야.

게다가 존경심이 철철 넘치지, 부자 되는 방법은 몽땅 다 담고 있어. 이것만 해도 텅 빈 마음을 사로잡고도 남았지. 그렇게 만난 사람이 늘어나고 배움이 쌓이면서 사람부자 시간 부자, 마음에는 행복부자가 되었다면 믿을까?

"나는 오래전부터 내가 부자가 될 것이라는 사실을 알고 있었다. 나는 이 사실을 단 한 번도 의심해 본 적이 없다. 당신도 그 점을 절대 의심하지 마라."

거리두기 기간에 가치투자의 대가라고 알려진 워런 버핏이 내게 한 말이야. 92세 나이에 하루 일과의 대부분을 독서로 보낸다니, 과연 그런 분이 하는 말이라 그런지 귀가 번쩍했어. 매번 핑계 대고 게으름 피운다고 혼쭐을 내는 말 같더라. 그의 강연을 수록한 〈주식 투자 콘서트〉에는 그럭저럭 사는 나를 일깨우는 말들이 수두룩했어.

"명성을 쌓는 데는 20년이라는 세월이 걸리지만, 명성을 무너뜨리는 데는 5분도 걸리지 않는다. 그것을 명심한다면 행동이 달라질 것이다."
"부자가 된 것은 사회로부터 얻은 것이기 때문에 받은 것을 다시 사회에 환원해야 한다"

버핏의 성공적인 삶의 조건처럼, 많은 사랑을 받았으면 돌려주는 게 맞아. 세상에 기여하고자 막연히 생각만 했던 '기부'의 결심이 확고해 지는 걸 보면, 내 삶에도 많은 영향을 미치고 있는 게 분명해. 버핏의 조언이 아니었다면 망설였을 텐데, 시행착오를 줄이고 시간 낭비를 안 하게 된 것만으로도 엄청난 소득이라는 생각이야.

'분산 투자만이 불안한 미래를 오래 견뎌낼 수 있다.'

투자의 방법에 대한 정보도 주식투자 전문가들이 말해 줘서 알게 된 거야. 주식의 문외한인 엄마가 장기 투자가 돈이 된다는 걸 어찌 알겠어. 월급의 일부를, 적은 금액이라도 꾸준히 모아가면 10년 후, 20년 후엔 노후대책이 된다고 말하더라. 돈이 모이는 시장의 원리도 그들이 말해 줘서 알았어.

딸아, 인생을 바꾸려고 시간 때문에 부담 가질 필요 없어. 그저 자투리 시간을 활용하면 된단다. 가장 좋은 때는 지하철로 이동할 때였지. 시간을 활용하기에 대중교통만 한 것도 없을 거야. 잠시 이동할 때는 이야기를 함축해 둔 시인을 만나면 되고, 멀어서 지루할 때는 성공 스토리를 준비해 가서 보면 긴 시간이 금방 가더라.

여건이 안 되서 짜증이 나면 생각을 조절하면 돼. 일이 바쁘면 돈을 벌어 좋고, 한가하면 책 속에 저자들이 하는 말에 푹 빠져서 시간을 보내면 된단다. 엄마는 갱년기로 새벽잠을 설칠 때, 남들이 읽어주는 글을 명상 삼아 듣다 보니 그것도 위안이 되더라.

'인생을 바꾸려면 눈 밝은 스승을 만나라'

성현의 말을 거울 삼아 가난이 질기게 나를 괴롭힐 때도, 인생의 중심을 잃고 방황할 뻔했을 때에도, 쓸쓸해서 울고 싶었을 때도, 저자라는 스승을 만나서 위로 받고 이겨 낼 수 있었단다.

'해당 분야의 책 100권만 읽으면 인생이 바뀐다'

많은 사람들이 자주 인용을 하기에 나도 그리 살아보고 싶었어. 날마다 200권이 넘는 책이 쏟아져 나온다면, 그중에 가슴이 뛰는 만남은 있지 않을까 해서였지.

밥 한술을 먹기까지 얼마나 많은 이들의 도움이 필요했는지 생각해 봐.

농부의 땀과 노력이 있었지, 자연의 도움이 사계절 내내 함께 했단다, 수저를 만들고, 밥이 되어 입으로 들어가기까지 상상을 초월하는 많은 도움이 있었단다. 우리가 모르는 사이 이렇듯 많은 도움을 받으며 살아가듯이 성장을 돕는 조언도 다양하게 받아야겠더라.

더 많은 사람을 만날 수 있는 쉬운 방법이 있다면 찾아봐야지 않을까?

의지가 약해서 결심이 흐려지는데, 타인의 경험에서 힘을 좀 내면 안 될까?

지금의 환경이 쉽게 바뀌지 않는다면 다른 삶을 통해 도움이라도 받으면 되지 않을까?

워킹맘이었던 엄마는 자기 계발서 저자들의 정신에서 힘을 받으니까 용기가 생기고 좋더라. 인생을 바꾸는 3가지 방법이 시간을 다르게 보내고, 다니는 곳을 달리해야 만나는 사람이 바뀌고 인생이 바뀐대. 그러기에 자기 계발서는 안성맞춤이더라.

'새로운 사람을 사귀는 것'

요즘은 인생을 바꾸는 방법이 모두 '사람'에 달렸다네. 누구를 만나는지가 그만큼 중요하다는 거지. 사람은 끼리끼리 논다는데, 책을 끼고 사는 사람을 만나면 인생이 어떻게 바뀔까?

6. 책이 사람을 만든다

지금의 나를 만든 것은 하버드 대학도 아니고
미국이라는 나라도 아니고 내 어머니도 아니다.
내가 살던 마을의 작은 도서관이었다.
하버드 졸업장보다 소중한 것이 독서하는 습관이다.
100년이 지나도 200년이 지나도 결코 컴퓨터가 책을 대체할
수 없다.

- 빌 게이츠 -

'독서가 정신에 미치는 효과는 운동이 신체에 미치는 효과와
같다.' 영국 언론인 리처드 스틸의 말과 빌 게이츠의 말은 아무
리 생각해도 명언 중의 명언이라는 생각이 드는데, 딸 생각은
어때?

다이어트를 한다고 밥만 먹으면 운동 타령을 하는 딸!
운동을 하듯 책 읽기도 습관이 되면 얼마나 좋을까?

하버드 졸업장보다 독서하는 습관이 더 소중하다고 말하는 세계적인 부호 빌 게이츠는 지금도 책 읽기를 멈추지 않는다니 책 속에 부자 되는 길이 따로 있는 걸까?

마음먹고 책을 펼치면 서너 줄도 못 읽고 딴생각에 빠지기 일쑤야. 그리고 책은 완전 수면제란다. 잠이 안 올 때 책을 펼치면 그냥 잔다니까. 그리 불편한 책을 자꾸 읽으라고 세뇌를 시키는 이유가 따로 있어 서래. 믿어지지 않겠지만, 책이 사람을 만든다네.

시골에서 자란 엄마는 동화책도 못 읽었어. 책이 없어서였을까? 물론 책도 없었지. 기가 찬 건 책을 읽어야 한다는 걸 아예 몰랐다는 거야.
밭 매러 가자 하면 따라서 풀을 뽑았지, 책과는 안 친했단다. 부모님이 과수원에서 가지치기하고 널브러진 가지 줍는 일은 시켜도 책 읽기를 시키지는 않았어. 학생이 가방 들고 학교만 다니면 되는 줄 알았단다. 학교만 가면 학생 노릇을 다 한 줄 알았던 거지. 덕분에 맨땅에 헤딩하듯 세상을 살았어.

특히 딸들이 초등학교 다닐 때 학부모들 사이에서 많이 주눅 들었지. 아는 게 없는 엄마는 입을 닫고 듣기만 했단다. 함께 있는 것만으로도 상식은 쌓이더구나. 하지만 항상 주눅 드는 기분은 어쩔 수가 없었어.

딸아! 결핍은 최고의 스승이더라.

　모르는 게 많아서인지 사는 것도 답답하고, 체한 것처럼 항상 머리는 멍하고 가슴이 갑갑했어. 대화 속에 두리번거리는 내 모습이 마치 물 위에 뜬 기름 같았어. 겉도는 내가 밉고 싫었어. 돌파구가 필요했단다. 바로 책이었어. 눈에 띄는 제목과 손에 잡히는 책이면 야금야금 사서 읽었어.

　주로 성공을 말하는 책들이었지. 부자가 소원이라서 부자 되는 책을 읽었단다. 목마른 자가 우물을 판다는 게 맞아. 수시로 봐야 했기 때문에 엄마는 중고라도 책은 구매해서 읽는 게 좋더라. 처음에 책 읽기란 완전 수면제였어. 읽은 부분을 또 읽고 기억이 안 나면 앞장으로 다시 돌아가고, 쉬운 말도 이해하느라 시간이 많이 걸렸어. '집중'하고는 거리가 멀었단다.

딸아! 어리버리한 엄마는 정말 똑똑해지고 싶었어. 그래서 꼭 책을 읽어내고 싶었단다.

　왜 그렇게 성공한 사람들이 책 읽기를 강조하는지 알아내고 싶었어. 하지만 내게 책 읽기란 결코 쉬운 일이 아니더라. 부자는 아무나 되는 게 아니라는 생각이 들 정도였으니 알만 하지?

성격상 포기는 못하겠고, 책을 읽어보려고 고군분투하던 엄마 모습은 처절했단다.

쉬는 날 책과 씨름을 하느라 떡이 되어 있었어. 외출도 못 하고 글은 눈에 안 들어오지, 모지랑이 같은 내가 너무 싫어서 짜증이 머리끝까지 올라왔어.

"몰라, 몰라"

볼펜을 들고 마구 쭉쭉 그어대는 시늉을 하며 글을 따라 내려갔단다. 생각해 봐. 그리고 엄마처럼 흉내라도 좀 내 봐봐. 1초에 한 줄씩 그어댔어. 몇 장을 넘겼을까? 짜증이 좀 풀리면서 광기 증세가 가라앉았어. 책에다 화풀이는 했지만, 볼펜심을 잠그고 그었단다. 무의식중에도 책이 찢어질까 걱정은 됐던지, 책 상태는 양호했어.

"도대체 왜! 왜! 안 읽어지는 거냐고?"

짜증이 폭발하고 화가 머리끝까지 차올랐던 감정이 조금씩 수그러들 때였어. 볼펜을 따라 글자가 하나씩 눈에 들어오지 않겠니? 얼마나 놀라운 발견이었는지 몰라. 글자 하나, 단어 하나가 그 와중에 뇌리에 입력이 되다니 정말 신기했단다.

"어라! 이거 뭐지? 글이 보이잖아."

책 읽기란 눈에서 머리, 입, 생각까지 총동원해야 했던 내게 획기적인 발견이었어. 눈은 움직이기만 할 뿐, 손에 쥔 펜이 그냥 읽어준다는 걸 알았어. 책 읽느라 떡이 될 뻔한 내가 그렇게 책 읽기를 시작하게 된 거란다.

책 속에는 돈도 많고 지혜도 많았어. 지식은 정말 마음만 먹으면 넘쳐나겠더라. 책과 친하게 지내기만 하면 성공도 하고 부자도 될 거라는 믿음이 생겼어.

책은 사람을 만든다는 말이 맞아. 내가 변해가는 걸 보면 확실하단다.

책 읽기가 습관이 될 때까지는 책 정돈을 하지 말아 봐. 방이든 거실이든 널브러져 있는 책이 눈에 띌 때 책을 들게 되거든. 여전히 엄마 방엔 늘 여기저기 책이 놓여있어. 어느 날 갑자기 눈에 띄는 제목이 보이면 털썩 주저앉아 책장을 넘기게 되는 좋은 점이 있어 서란다.

책 읽기가 어려우면 목차라도 읽어 보렴. 단어 하나라도 눈에 띄어야, 책장을 넘기게 되더라. 결국은 책 읽기도 마음이 시켜야 하는 거지. 억지로 시켜서 된다면 귀에 못이 박히도록 책 읽기를 강요하진 않겠지? 수면제였던 책에 재미를 붙이고, 유익함을 발견하는 게 우선일 거야. 책을 사랑할 수 있어야지, 책읽기도 자연스러울 테지? 지금 생각하니 그것도 모르고 책 욕심만 부렸던 엄마였네. 책 읽는 딸들을 보면서 아마도 대리만족을 하고자 했었나 봐.

딸이 초등학생 시절 우리 미용실은 책꽂이로 인테리어를 대신했었지. 나처럼 책이 없어서 공부를 못했다는 말을 안 들으려고 틈틈이 준비했던 거란다. 책만 있으면 책 읽기가 자동으로 되는 줄 알았어.

책꽂이에 책을 뒤집어 가며 읽게 했더니 그게 부담이 되어 책과 담을 쌓았다는 딸아!

다소 강제성을 띄었던 상벌제도가 책 읽기를 회피하게 된 이유였다니 진심으로 사과할게. 엄마 욕심이 과해서 책을 멀리했다니 정말 미안하다. 너의 능력을 넘어선 채찍을 가한 줄도 모르고 너를 아프게 했구나. 딸을 위한답시고 내 방식을 강요했던 엄마의 무례함을 용서해 주라. 결핍이 주는 행위가 얼마나 가혹한 지 이제서야 깨닫고 반성을 하고 있단다.

책이 사람을 만들고 책 속에 길이 있었음을 뒤늦게 알고 마음이 조급했던 엄마의 불찰이었어. 잘잘못을 비교하기보다 더 잘 하기를 바랐던 욕심이 너를 아프게 했나 보다. 그럼에도 불구하고 자랑스런 딸로 성장하고 자리 지켜줘서 고맙다. 예쁜 딸!

'사람은 책을 만들고 책은 사람을 만든다.'

파주 출판 도시에 커다랗게 쓰인 가슴이 찡해지는 저 문구를 봐. 책은 그랬어. 나를 변하게 하고, 늘 도전하게 했지. 새벽의 소중함을 일깨워 준 것도 책이란다. 감사해야 '감사할 일'이 쏟아진다는 진리도 책을 읽으면서 알게 된 거야.

그저 나이만 먹은 나에게 꿈을 키우고 희망을 주었어. 명확한 꿈이 생긴 것도 책 덕분이란다. 부모님이 나의 꿈을 키워준 게 아니었어.

책은 늘 사람을 부르고 기다린단다. 그 소리를 외면했던 것도 역시 나였어. 어쩌다 주워 들고 읽었던 책이 내 마음에 내 삶에 고스란히 스며들었다는 걸 알고 많이 안타까웠어. 좀 더 가까이, 좀 더 자주 만나줄 걸 하는 아쉬움 때문이란다.

책을 읽는 것도 때가 있더라. 나이 들면서 갑자기 눈이 피로하고, 책을 덮어야 하는 경우가 자주 생겨. 좀 더 일찍 책이 주는 행복을 알았다면 얼마나 좋았을까? 아쉬움뿐이란다.

책은 사람을 살리고 변하게 하더라. 누군가에겐 길이 되고, 등불이 되기도 해, 나에게 책은 시행착오를 들어 주는 스승이었어. 책 읽기를 강조하는 이유도 책이 사람을 만들기 때문이란다.

7. 훌륭한 사람을 자주 만나거라

세상은 당신이 생각하는 것보다 훨씬 광범위하며
그 세계는 책에 의해 움직이고 있다.

- 볼테르 -

훌륭한 사람을 만나보지 못한 엄마가 어떻게 훌륭한 사람을
만나라고 말하겠니?
그것도 자주 만나라 하니 기가 막히네.
어디로 가야 훌륭한 사람을 만날 수 있을까?
훌륭하다고 칭송을 받는 사람은 도대체 어디에 있을까?

이 나이 되도록 주위에서 훌륭해 보이는 사람을 만나지 못했
으니 답답할 노릇이지. 바쁘다는 건 핑계였고, 아예 훌륭한 사
람에 대한 관심도 없이 살았나 봐. 있었다면 아주 가끔 책을 통
한 만남이 있었을 뿐이야. 그나마 감사한 일이지.

"이봐, 해 봤어!"

기업인의 최고 어록으로 꼽히는 현대 그룹 고 정주영 회장의 말은 아주 유명하더라. 핑계만 대고 머뭇거리기 일쑤였던 나도 그 짧은 한마디에 자극을 받았으니 그럴만하겠어.

"마누라, 자식 빼고 다 바꿔라"

삼성그룹 고 이건희 회장님의 일침은 또 얼마나 위협적이었던지, 변화가 두려워 무사안일의 대명사격이었던 내가 예약제 시스템으로 바꾸고 시대에 맞춰 미용실을 운영하고 있단다.

"세상은 넓고 할 일은 많다" 했던 대우의 전 김우중 회장의 말에 힘입어, 하나만 알고 둘을 모르던 나의 답답한 마인드를 확 벗어던져버렸어. 그분의 천금 같은 말씀 덕분에 딸들이 해외를 나다녀도 불안함에 떨기보다 응원하는 엄마가 될 수 있었어.

대한민국을 빛나게 했던 분들, 소위 내가 아는 훌륭한 사람들은 모두 나를 만나주지도 않을 뿐더러 만날 수도 없는 분들이었지. 유일한 방법이 있다면 그분들이 남긴 글과의 만남이었어. 이미 고인이 되어버린 사람도 책이라면 가능했어. 살면서 훌륭한 분들을 만나고 가르침을 배운다는 건 큰 자산이란다. 모르고 산다면 만나기를 주저하지 말아야 해.

"선의의 거짓말 세 가지와 장마철 우산은 꼭 가지고 다녀라"

삶의 지혜로움을 입버릇처럼 강조하셨던 너의 외할아버지 외엔 가까이서 훌륭한 사람을 찾기란 그리 쉬운 일이 아니야. 요즘은 어른의 말을 말같이 여기지 않으니 더 어려울 거야.

"하찮게 생각하는 나의 경험이 누군가에겐 간절하게 원하는 것임을 잊지 마라"

나의 경험이 돈이 되는 순간이 온다고 〈백만장자 메신저〉의 저자 브렌든 버처드가 한 말이야. 그의 말에 나도 용기를 낼 수 있었어. '글을 써야겠다'고 다짐하는 계기가 된 거란다. 저자가 미치는 영향력에 따라 내 인생이 변하는 걸 보고, 어떻게든 훌륭한 사람은 자주 만나야겠다고 생각했어.

집중과 선택에 따라 속도가 다르다는 훌륭한 사람들의 비법과 공식들이 〈타이탄의 도구들〉이라는 책 안에 다 들어있었어. 팀 페리스가 조사한 결과에 의하면 하나같이 작은 행동과 습관이 성공을 불렀다더라. 성공하는데 긴 시간이 걸리지 않는다는 팀 페리스의 말을 듣고, 나는 이부자리 정리하는 습관부터 길렀어. 작은 일에서 성취감을 갖게 되면 자신감이 생기고, 일이 술술 풀린다기에 성공자의 마인드를 키워보고 있단다.

천만다행이었어. 그들이 나를 깨어나게 했으니까, 완전 훌륭한 스승이었지. 누가 나의 갇힌 마인드를 깨울 수 있겠어?

"두 번 다시 만나나 봐라!"

친구가 지적질이라도 하는 날엔 마음속으로 당장 절교하는 말을 하잖아. 책 속의 인물들이 하는 말엔 고개를 끄덕인단다. 나와 다른 정신세계의 매력에 빠져 밤을 새기도 하고, 큰 울림이 쓰나미로 몰려들어 감동의 도가니가 되기도 한단다. 만나보면 알아.

훌륭한 사람을 만나기 어렵다면 책 속으로 찾아들어가 봐. 딸이 원하는 사람은 수 없이 만나게 될 거야. 그중에서 골라잡아. 만 오천 원 수준이면 맘에 드는 딱 네 스타일의 훌륭한 사람을 선택할 수 있을 거야. 훌륭한 사람도 골라잡을 수 있다니 흥미롭지?

냉담한 현실에서 '나는 나로 살아가야 함'을 일깨워 주는 작가 김수현 님도 만나고. 인생이 곧 '살며 사랑하며 배우는 것'이라고, 다른 사람과 어울리고 서로 사랑하며 살아가는 것이 진정한 기쁨이라고, 따뜻한 조언을 아끼지 않는 레오 버스카글리아 교수도 만났어.

내 자신을 사랑하는 게 서툴렀던 내가 이런 분들을 만나고서야 비로소 진정한 나로 살아가는 법을 알게 됐단다.

훌륭한 사람을 책 속에서 만나게 될 줄이야, 바쁜 내게 안성맞춤이었지. 언제 어디서나 가능했어. 항상 대기하고 기다리고 있으니까, 잠시 짬을 내겠다는 다짐이면 충분하더라.

훌륭한 사람을 만나는 일도 내 몫이지 누가 만들어주지 않는단다. 발 벗고 나서서 찾아야 해. 풍요로운 인생을 위해서 그 시간을 아끼면 안 된다. 딸아!

엄마는 부족하고, 남친은 안 되는 일을, 책 속의 훌륭한 분들은 현명하게 판단하도록 안내할 거야. 사람은 감정선이 있어 후회라는 장애물이 수시로 찾아오지만, 책 속의 가르침은 소화시키기 나름이야. 비록 실망스럽더라도 책을 읽었다는 뿌듯함은 남을 거다.

그렇게 만나 오래도록 유지하면 더 좋고, 잠시 머물다 떠나는 사람이어도 괜찮아. 부담 없이 다가설 수 있다고 우습게 대하지는 마. 네가 외면하지 않는다면, 풍요로운 삶을 만드는데 인생 내비게이션이 되기에 충분할 테니까.

8. 미루기도 습관이다

오늘의 식사는 내일로 미루지 않으면서 오늘 할 일은 내일로 미루는 사람들이 많다.

- 칼 힐티 -

원효대사는 병 중에서 가장 무서운 병이 '내일로 미루는 습관' 이라고 했단다.

배고픈데 내일 먹으라고 하면 아마 눈에 불을 켜고 덤비겠지? 배고픈 걸 못 참는 엄마는 사생결단을 내려서라도 먹는 건 포기하지 않을 거다. 먹는 일은 만사 재껴놓고 하면서, 오늘 할 일을 내일로 미루는 사람들이 비일비재하다니. 이유가 뭐라고 생각하니?

잘 할 수 있을까?
실수하면 어쩌지?

미루는 습관은 두려움이 가장 큰 원인이라는데, 정말 그럴까?

"화초도 키우고 꽃도 가꾸고 나는 예쁜 화원을 해보고 싶었어."

이제 갓 일흔에 접어든 단골 고객님께 꼭 해보고 싶었는데 못 해본 게 뭐였냐고 물었더니, 소녀처럼 표정이 밝아지며 하신 대답이란다.
"그렇게 소원이었는데, 왜 안하셨어요? 지금이라도 해보세요"
"아이고 젊어서도 안 될까 봐 겁이 나서 못했는데, 이 나이에 뭘 하겠어."
생각뿐이었지, 걱정이 앞서 못해보고 말았다는데, 어찌나 안타까운지 말야. 흔히 말하는 무대뽀 기질이라도 있었다면 적극적으로 덤빌 수 있었으련만, 꿈이 있다는 사람도 말뿐이지, 실패가 두려워 시작조차 못하는 걸 보면 생각보다 안일함을 추구하는 사람이 많아.

엄마도 한때는 그랬어. 물론 지금도 상황에 따라 여전하지만, 습관처럼 미루는 버릇은 의식적으로 고치려 노력한단다. 집안일이 특히 그랬어. 밥 먹고 설거지하는 걸 미뤘었는데, 요즘은 개수대가 깨끗해졌단다.

먹었으면 치우기부터 해야는데, 널브러진 채 폰 들고 놀기가 일쑤였어. 바쁠 때는 담가놓기를 예사로 했지. 이쯤 되면 게으름도 미루기에 한몫하는 거지.

우울증이 있는 지인은 미루다 미루다 밥 떠먹을 수저가 없어지면 겨우 일삼아 설거지를 한다더라. 혼자 먹은 밥그릇 하나 수저 하나도 안 씻고 담가두면 산더미처럼 쌓인다는데, 상상이 안 되지. 무기력증으로 그렇다니 활기를 찾는 게 우선이겠어. 가벼운 집안일도 미루다 보면 습관이 되더라.

딸은 어떤 경우에 미루게 됐어? 특별한 이유라도 있었니? 귀찮기도 하고 당장 필요하지 않다는 생각도 했을 테지. 흥미도 없고, 반발심도 생겼을 거야.

어제 먹은 걸 또 먹기 싫어서 메뉴를 바꾼다고 가볍게 생각해 봐. 그냥 시도해보는 것만으로도 일은 쉽게 풀리고 재미가 생길 수 있어. 어렵다고 못하고, 게으르고 두려워서 미루다가는 소심해서 아무것도 못하는 사람으로 보일 거야.

기분이 내킬 때까지 기다리다 간 시간만 가고 말 테니, 미루지 말고 그냥 해라.

엄마는 시골에서 자랄 때, 외증조할머니랑 밭매기를 도맡아 했었어. 밭고랑이 얼마나 크던지 겁부터 났단다. 겨우 중학생이 뭘 알아서 척척 일손을 도왔겠니?

"언제 이렇게나 많은 풀을 다 매라고?"

투덜거리는 나를 보고 엄마의 할머니가 웃으시며 해주셨던 말이란다.

"게으른 눈아! 너는 구경이나 해라, 일은 부지런한 이 손이 다할 거마."

가끔 일이 두렵거나 시작하기가 싫어질 때면 그때 그 말씀이 생각난단다.

언제나 보는 눈은 핑계를 대고 미루기가 일쑤였지만, 부지런한 손은 눈이 보는 앞에서 쓱싹쓱싹 뭐든지 해치우는 '척척박사'였지. 해결하는 모습을 지켜보는 눈은 겸손할 수밖에 없어.

마음도 그럴 거야. 핑계 대고 이유를 따지고 그러다 미루게 되고, 결국은 흐지부지 없던 일이 되고, 자주 겪는 일이었지.

해야 할 일은 그냥 하면 된단다. 하다 보면 별거 아닐 때가 더 많았어. 그 넓은 콩밭을 언제 다 매느냐고 게으름만 피우고 미뤘었다면 하루해가 지고 말았을 거야. 어린 마음에 씩씩거리며 따라 하다 보니 어느새 콩밭에 풀은 다 매고 없더라. 일 마치고 땀 닦는 희열은 통쾌함이 대단하단다.

아무리 어렵고 힘든 일도 하다 보면 해결되기 마련이야. 미루기는 나쁜 습관이란다.

미루고 또 미루고 언제까지 미루기만 할 거니? 뭐든 때가 있더라. 시간은 기다려주지 않아.

'타고난 게으름뱅이는 없다'

닐 피오레 박사의 과학적 연구 결과에 따르면, 누구나 성과를 내고 싶어하지만, 역시나 완벽하려는 마음과 두려움 때문에 실패할까 봐, 이런저런 이유를 갖다 대는 거란다. 사람이니까 불완전한 건데, 그래서 도전이라는 단어가 거창하게 느껴지나 봐.

실행하기 어렵다는 걸 알기에 도전하는 사람이 대단해 보이고, 박수와 환호를 보낼 테지?

"아, 몰라 다음에 할 거야,"

집안일도 습관처럼 미루고, 부담스러운 옷가지도 '정리를 해야지' 하면서 미뤘었지. 대청소도 해야지 하면서 못 본 척 지나치고, 요행을 바라고 정리의 요술사가 나타나기를 바라는 마음이 분명 있었던 거지?

습관처럼 미루는 게 있다면 만만해 보이는 것부터 시도하란
다. 운동이라도 계획 중이라면 신발부터 신으라네. 정리 정돈이
필요하면 버리는 것부터 시작하면 쉽다는구나. 요행을 바란다
면 차라리 해버려. 결국 언젠가는 할 일이더라. 미루는 습관만
고쳐도 너의 삶은 빛이 날 거야.

9. 씀씀이는 성공을 부른다

사람들 간에는 거의 차이가 없으나 작은 차이가 커다란 차이
를 만든다. 이 작은 차이는 태도인데 적극적이냐 소극적이냐
하는 것이다.

- 클레멘스톤 -

태도와 씀씀이에 대한 사전적 의미를 알아봤어.

'태도'는 어떤 일이나 상황 따위를 대하는 마음가짐 또는 그
마음가짐이 드러난 자세라고 쓰여 있네.

'씀씀이'의 뜻은 돈이나 물건 혹은 마음 따위를 쓰는 형편. 또
는 그런 정도나 수량이라네.

상황에 따라 다르게 쓰이긴 하지만, 왠지 한자어와 우리말의
차이라는 생각이 들어. 그래선지 엄마는 태도라는 말보다 익숙
하고 친근한 씀씀이란 말이 듣기에도 더 좋더라.

"마음 씀씀이가 왜 그러니?"

깍쟁이처럼 배려심도 없으면 대놓고 면박을 줄 때 쓰던 말이었어.

"씀씀이 좀 줄여라"

절약은 뒷전이고 계획성 없이 쓰기만 하면 따끔하게 자제를 강요하던 말이었지.

엄마 어릴 때는 씀씀이라는 말을 많이 사용했어. 간절하고 지극한 마음을 담아 표현하기도 했지. 속이 좁아서 간사해 보이는 사람을 일러 소인배라 했는데, 씀씀이라는 단어와 잘 어울렸어. 고전에서 노랭이 영감이라고 표현했던 것도 아마 속이 좁고 마음 씀씀이가 인색해서 낮추어 불러준 별명이 아니었을까 싶네.

'씀씀이를 곱게 써라'

다소 부정적인 어감이 느껴진다면 마음을 잘 쓰라는 뜻이 내포되어서일 거야.

낭비가 심하면 씀씀이가 헤프다고 했어. 수단이 좋고 후한 사람은 씀씀이가 크다는 말 대신 손이 크다고 했단다. 씀씀이라는 어감은 참 다양하게 사용하며 기분 나쁘지 않게 표현한 지혜가 엿보이는 말이기도 했어.

엄마를 대하듯 하면 옆에 있는 사람이 서운할 텐데, 우리 딸은 주변을 챙기면서 살고 있니?

설마 인색하게 전화 한 통 하기도 싫어하는 건 아니겠지? 가끔 전화로 안부라도 묻고 해야지, 사람으로 살면서 할 수 있는 최소한의 예의란다. 바라지만 말고 먼저 챙겨주는 마음 씀씀이가 예쁜 사람으로 살아라. 마음도 주는 만큼 받는 거란다.

인기가 많아 보이는 사람도 외롭다고 말하는 걸 보면, 혼자를 자처하다 서로 간의 마음 씀씀이까지 인색해졌다는 생각이 들더라.

딸아, 문득 외롭다는 생각이 들면 망설이지 말고, 잠시 마음을 내어 전화라도 돌려 봐.

잊고 지낸 친구도 좋고, 감사했던 선배도 좋아. 오래전 은사님이면 더 고맙겠지. 사촌 언니나 동생과의 교류는 혼자라는 우울감에 빠지지 않게 할 거야. 누군가를 챙긴다는 건 귀찮기도 하지만, 무심하게 내는 마음 씀씀이는 든든한 인간관계를 다지는 시작이란다. 마음을 내어 주다보면 오히려 네가 위로를 받는 기분이 들 거야.

혹시 누가 아니? 너의 전화 한 통에 삶의 희망을 찾게 될지 말야. 사람은 다 외로움을 느끼며 산다는구나. 외로울 땐 그냥 전화 한 통쯤은 부담 없이 하고 살아라.

마음을 보이기 싫어하는 딸아!

마음을 좀 들키면 어때? 서로 챙겨주고 공감하며 사는 게 세상사는 정이란다.

엄마 어린 시절은 자연과 더불어 사느라 볼거리는 풍성했던 반면, 십 원짜리도 없어서 쩔쩔맬 때가 많았단다. 때문에 늘 아껴야했어. 나라도 가난했고 우리도 가난했던 첩첩산중의 시골 생활은 절약하는 수밖에 없었어. 상상도 안 되겠지만, 엄마가 자랄 땐 다들 그렇게 살았단다.

풍족하게 사는 너희는 샤워도 마음껏 하고 사니까 모를 거다. 머리 감는 물을 대야에 받아서 했던 시절에는 이틀에 한 번은 들어야 했던 말이 있었어.

"물 아껴 써라. 죽어서 염라대왕 앞에 가면 그 물 다 먹으라고 한단다"

엄마의 할머니는 마루에 걸터앉아서 노심초사하며 절약하는 습관을 가르치셨어. 치약을 가위로 잘라가며 마지막까지 쓰는 알뜰함도 그때 배운 습관이란다. 설거지할 때도 샤워를 할 때도 물 잠그는 버릇이 그래서 생긴 거야. 공중화장실의 휴지도 내 집 휴지처럼 아껴 쓰는 것도 몸에 배인 습관 때문이란다.

수도 요금 고지서에 상수도 요금보다 하수도 요금이 더 많이 나오는 거 딸은 혹시 알고 있니?

세상에 공짜는 하나도 없더구나. 쓸 때도 버릴 때도 모두 대가를 지불한다는 사실을 기억해야겠어. 모든 것은 씀씀이로 분간한단다. 노랭이로 살아야 할 때는 그리 살아야 해. 십 원짜리의 고마움은 생각보다 엄청나게 커. 지금 우리 딸들이 하루에 한 번씩 머리를 감고, 아침저녁으로 샤워를 할 만큼 풍족해진 건 어른들이 절약이란 걸 습관처럼 해온 덕분이란다.

물론 잘 쓰고 잘 사는 것도 중요하지. 그렇다고 쓰지 않아도 되는 것까지 쓰고 산다면 세상의 편리함은 금새 사라질지도 몰라.

낭비하고 살았다고 죽어서 혼이야 나겠니?

절제하지 않고 펑펑 썼다고 염라대왕이 물을 퍼먹이기야 하겠니?

다만 절약하는 기본 자세를 습관처럼 하라는 거야. 너의 씀씀이는 성공을 부른단다.

가난한 집 5남매의 맏며느리인 엄마는 동생들을 생각하면 돈 그릇도 함께 키워야 했어. 기일에 한 번을 모이더라도 다리는 뻗고 쉬어야지 하는 생각을 늘 하며 살았거든. 아끼는 게 불편해 보였는지 돈에 대한 씀씀이가 잔챙이라고 아빠의 놀림을 받고 산단다. 그런 말을 들을지언정 필요 이상으로 헤프게 쓰다가, 노후에 전전긍긍하는 것보다 낫다는 생각이란다.

돈을 씀에 있어서는 적은 돈을 아낄 줄 알아야 큰돈이 된다는 걸 명심해야 해.

친구나 지인이 돈을 빌려달라면 냉정해야지, 빌려달라는 말도 습관처럼 하는 사람이 있더라. 상황에 꼭 빌려줘야 할 땐 차라리 도와준다는 생각으로 줘야지, 받아야 하는 스트레스가 되려 너를 괴롭힌단다. 돈이란 거절할 때 한번 서운한 게 낫지, 두고두고 괴로운 건 자처한 대가란다. 마음 씀씀이가 커야 할 때는 바로 이런 상황일 거야.

돈 씀씀이, 마음 씀씀이, 생각 씀씀이, 말 씀씀이. 시간에도 씀씀이가 있어. 씀씀이를 어떻게 쓰느냐에 따라 부자로 살고, 아름다운 인생이 된대.

말버릇 하나 고쳤을 뿐인데, 인생이 달라졌다고 말 씀씀이도 센스 있게 하란다. 씀씀이가 좋은 사람은 걸림이 없어서 성공을 부른다는구나.

10. 명상을 생활의 일부로 만들어라

모든 일에는 계기가 있더라. 그것이 삶에 지대한 영향을 미치면서 영향력을 발휘하기도 하지. 내가 처음 '명상'이라는 단어를 떠올리게 된 계기는 '아빠'였단다.

'화가 머리끝까지 치솟는다'는 말이 있잖아. 내가 그런 상황에 맞닥뜨린 지도 벌써 4년 전 일이네.

쉬는 날, 하필이면 그날따라 고향 친구 병문안을 다녀오느라 늦은 밤 11시 무렵에서야 집에 도착했어. 여느 때처럼 아빠는 술에 취한 채 곯아떨어져서 아무것도 모르고 자고 있었단다. 아빠의 동태를 살피고 있는데, 그 밤중에 초인종이 울리는 거야. 늦은 밤이라 무섭기도 하고, 불길한 생각에 잔뜩 긴장된 목소리로 확인을 했어.

"누구세요?"

"경찰입니다. ○○○씨 댁인가요?"

경찰이란 말에 순간 나는 심장이 쿵쾅거리고 온몸에 맥이 빠졌어.

"그런데 이 밤에 경찰이 왜……?" 떨리는 소리로 말끝은 흐려지고 머릿속은 하해졌단다.

"뺑소니 신고가 들어와서요. 실례 좀 하겠습니다."

"뺑소니라니, 누가?" 지금 저 사람은 술에 취해 자고 있는데……

초저녁에 아빠는 일 마치고 반주로 마신 술을 깨려고 차에서 잠이 들었대. 추워서 잠이 깼는데, 무심결에 운전을 해서 5분 거리인 집으로 왔단다. 집 앞 골목길에서 후진 중에 지나가던 자전거 앞바퀴가 살짝 부딪힐 뻔한 걸 전혀 몰랐대. 인사도 없이 가버렸으니 괘씸해서 뺑소니로 신고를 당한 거지. 자다 말고 벌어진 상황에 떼를 쓰고, 고래고래 소리를 지르고 그야말로 난리가 아니었어. 술 냄새에 사고의 전과까지 빼도 박도 못하고 음주 뺑소니가 되고 말았지.

그날 밤의 사태는 결혼 후, 차로 인한 아빠의 두 번째 사고였단다. 그래도 음주 운전은 안 하는 사람이었는데, 아닌 밤중에 기가 막혀 까무러칠 뻔했어.

괘씸죄는 뺑소니가 되고, 교통사고 전과자라는 낙인 때문에 합의금 200만원에 집행유예 2년. 면허 취소 5년의 큰 대가를 치러야 했지. 현장 일을 해서 먹고 사는 아빠에게 음주 뺑소니

사고는 엄청난 후유증을 남겼단다. 아직도 자숙 기간이 1년이나 남았어. 무거운 가방을 메고 일 다니느라 고충을 겪으면서도 다행히 무면허 객기는 부리지 않아서 고마울 따름이란다.

사건이 있던 날 밤, 나는 혈액순환이 안 되는지 심장이 조여들어 잠을 잘 수가 없었어. 손발이 얼음장처럼 차가웠지. 목덜미를 잡고 쓰러지던 드라마 장면이 연상되면서 정신을 차리지 않으면 쓰러질 지경이더라. 벌어진 일을 물릴 수도 없고 앞이 까마득해서 수습이고 뭐고 대책 없이 그냥 억울하기만 했어.

"무슨 이런 거지같은 일이 또 있나?"

숨을 좀 돌릴만하면 터지는 고달픈 인생에 분통이 터지고 억장이 무너지는 기분이었어. 악다구니라도 퍼붓고 싶었지만, 이미 쫄아 있는 사람에게 그러지도 못하고, 애먼 신세타령만 했어.

분노는 밤새 꼬리에 꼬리를 물고 어처구니없게도 심장을 공격했지. 내가 살려고 그랬는지 그 순간에 '명상'을 하라던 누군가의 말이 떠오르더라. 유튜브에 즐비한 명상법과 음악을 들으며 나를 달랬던 기억이 난다. 그렇게 나는 명상을 만났어. 나에게 명상은 내가 살기 위한 수단이었단다.

흔히 '명상'은 눈 감고 고요히 앉아있는 줄 알지. 엄마도 그리 앉아있었단다. 마음의 고통에서 벗어나고 싶었어. 편안한 상태를 찾을 수 있다 했거든. 눈 감고 앉아서 숨만 몰아쉬면 고요해질 거라고 여겼는데, 명상 음악에 온갖 잡념이 끼어들어 기분은 파도를 쳤단다. 쉬운 게 하나도 없더구나. 고요하게 산다는 건 도를 닦는 경지더라.

알고 보니 명상이란 주위에 일어나는 모든 일에 대해 아무런 판단 없이 묵묵히 지켜보는 거더라. 사색을 즐기는 것도 명상이요, 독서에 집중하는 것도 명상이었어. 둘레길을 걸으며 자연과 하나 되고, 맑고 순수한 상태를 만나는 자체가 명상이었어. 굳어있는 몸과 마음을 두들기고 흔들고 감각을 깨우는 것도 명상이더구나. 화가 나는 상태를 알아차리는 게 명상이었어.

냉한 체질의 엄마는 많은 종류 중에 태양과 마주하는 명상을 즐긴단다. 따스한 햇살을 향해 지그시 눈을 감고 강렬한 태양의 기운을 온몸으로 받는 거야. 태양 앞에 나를 맡기면 저절로 몸이 데워지고 마음이 유연해져서 좋단다. 걸을 때 두 발바닥에 의식을 두고 뚜벅뚜벅 걸어 봐. 신이 준 최고의 선물이라는 생각이 저절로 들 거야. 마음에 일어나는 감정까지 알아차리는 순간이 오면 더할 수 없는 감사함이 생긴단다. 내가 아는 명상이란 그냥 일상이었어. 다만 의식을 어디다 두느냐에 따라 다를 뿐이었지.

〈될 일은 된다〉의 저자 마이클 싱어는 40년간 삶의 흐름을 무조건 신뢰하며, 경이로운 여정을 보낼 수 있었던 힘이 모두 명상 덕분이었대. 아무리 버거워도 명상 수행의 일환으로 여기며 받아들였다는 저자의 말에 우여곡절이 많은 나도 명상을 하면 삶이 달라질까? 의문이 생기더라.

마이클 싱어는 명상을 통해 '내맡김의 실험'이 필요하다더라. 자신에게 일어나는 일들이 마음에 들건 안 들건 상관하지 말래. 그저 끊임없이 내려놓으며 무저항으로 실천하라네. 삶은 원하는 대로 계획한 대로 펼쳐지지 않는다는구나. 인간의 의지로 발휘해 내는 일은 아무것도 없다고 거침없이 저술한 글이 어찌나 공감되든지 심취해서 읽고 나서 명상을 해야겠다는 생각이 더욱 확고해졌단다.

예수님 아버지의 전지전능하심을 믿고 따르는 마음은 어디에서 오는 걸까?
부처님의 가르침을 귀에 못이 박히도록 읽고 외우는 지극정성은 왜 생기는 걸까?
그것도 모자라서 요행이라도 바라는지 장군보살을 찾아다니는 불안함의 정체는 무엇일까?

제각기 원하는 답을 찾는 게 이유라면 정답을 찾았느냐고 묻고 싶어. 무릎이 닳도록 절을 하고 내려놓기를 40년을 하고 있지만, 욕심 때문인지 엄마는 여전히 답이 뭔지 잘 모르겠어.

명상을 하면 내 안에 이미 신이 내려와 있음을 깨닫게 된다는데, 우주와 내가 둘이 아니라는 걸 알게 되는 날이 정말 올까?

닐 도널드 월쉬의 〈신과 나눈 이야기〉를 읽다 보니, 내가 곧 창조주라더구나. 그 말에 곰곰 생각하는 시간이 많아졌어. 내가 딸을 낳았으니 곧 창조주라는 말이 와닿았지. 그래서 나 외에 아무도 믿지 말라던 성경의 말씀이 새삼스럽게 신선하게 받아들여졌단다.

딸아!

잠깐 고요히 앉아서 너의 들숨과 날숨을 지켜볼래? 너의 의지가 관여했었니?

의식하지 않아도 그것은 원래부터 이루어지고 있었단다. 놀라운 발견이 아닐 수 없어. 들어오는 숨으로 살고, 내보내는 숨에 서로 공생한다는 이치를 깨닫는다면 저절로 행복은 찾아온단다. 그런 면에서 명상은 언제 어디서든 누구나 생활의 일부로 삼아야겠더라.

엄마는 명상을 통해 몸의 상태를 바라보게 되면서 알았어. 부정적인 감정 덩어리가 내 몸을 괴롭힌 주범이었다는 것을. 스트레스가 많아 힘이 든다면 명상으로 힐링해 봐. 주고받는 기가 막힌 순리와 섭리를 만나게 될 거야. 치유는 그때 시작된단다. 모든 것은 마음이 만든 거란다. 몸에 든 무서운 병까지 말야.

고요한 마음일 때, 건강하고 편안한 삶을 살아가게 된단다. 명상을 생활의 일부로 만들어 봐. 그것이 곧 성공의 지름길이기도 하다더라.

내 생애 선물 같은 날들!

언제나처럼 어느 순간부터 딸 뒤에서 어리둥절 어물쩡거리고 있는 나를 본다. 역시나 이번에도 마찬가지였다. 책쓰기를 한댔더니 태블릿을 사다 주고, 사용법을 설명해 줬다. 여전히 자판만 보고 떠듬떠듬 글을 찾는 아날로그 엄마를 인생의 목표인 책쓰기에 도전하게 하다니! 모두가 딸이 있어서 가능했다. 저장법을 몰라서 덜덜 떨고 있던 나를 "처음에는 다 그래" 한마디로 일축하는 덤덤한 딸이어도 든든했다. 잠시라도 짬만 나면 책상 앞에 앉아 글을 쓴답시고 시간을 죽이고 있었지만, 묵묵히 응원해 줬던 작은 딸이 가게를 지켜줬기에 가능했을 것이다.

밤늦도록 영상 만드느라 잠자는 걸 예사로 여기던 내가 글을 쓰기 시작하면서, 새벽형 인간이 되고자 일찍 잠을 청하며 라이프 스타일을 최적화 하려고 노력했다. 하루종일 미용실에서 시달리던 정신으론 도무지 글을 쓸 수가 없었기에 생활 패턴을 바꿔야만 했다. 아마도 그때부터 였으리라. 알람이 필요없어진 게. 일찍 자니까 자동적으로 일찍 눈이 떠지고, 내 생체 바이오 리듬이 시키는 대로 살면서 새벽에도 일어나서 진짜 작가처럼 2년을 살 수 있었던 내가 신기했다.

더운 여름, 퇴근길에는 광운대 옆 우이천 쉼터를 내 작업장 인냥 애용하다가, 모기에게 양다리를 벌겋게 뜯겼던 기억이 생생하다. 보다 못한 딸이 모기 퇴치 밴드를 사줬는데, 바글바글 덤비던 모기가 다 어디로 갔는지 감쪽같이 사라져서 어찌나 신기하던지 잊을 수가 없다. 한 꼭지, 한 꼭지 마무리할 때마다 기쁨과 성취감을 공감해 줄 사람이 없어서 혼자 벅차오르는 가슴을 안고 엉엉 울었던 기억도 가슴 한 켠에 고스란히 남아있다.

내 생애 글감을 안겨 주고, 평생 남의 편처럼 살았던 남편도 처음엔 옆지기답게 말없이 지켜만 보더니, 두 해를 넘길까 걱정해서인지, 오며 가며 빈정대기를

"올해 책이 나오면 내 손에 장을 지진다."

-"그래, 장 지지는 꼴 보기 싫어서라도 써야겠네."

큰소리는 쳤지만, 초고를 수정하는 일이 만만하지 않아 자꾸만 의기소침해졌다. 길게 잡아 1년이면 될 거라 여겼는데, 불안감에 자신감마저 떨어지고 글쓰기를 우습게 여긴 대가를 톡톡히 치뤘다. 신나게 자랑질 했었는데, 고객님들께는 "쉽지 않네요."라며 얼버무려야 했고, 책 나오기를 기다린다던 친구들의 문자라도 받으면 고마우면서도 "그러게"라고 짧게 답해야 하는

내 자신을 질책하곤 했던 기억이 사뭇치게 떠오른다. 옛날 드라마는 왜 그렇게 글쓰는 작가에게 연실 종이만 빡빡 찢게 했는지, 그 심경처럼 내 몰골이 딱 그 지경일 거라 여겨졌다. 자주, 종종, 번번히 등등 온갖 단어를 다 끌어다 써도 모자랄만큼 괴로운 순간순간들이었다.

"재주도 없으면서 무엇을 위해 나는 이런 고생을 사서 하는 걸까?"

스스로 반문을 하고 회의감이 찾아들 때면 제주에 있는 황준연 작가에게 문자로 푸념을 했다. 황준연 작가는 2년 전 우연히 서점에 들렸다가 누워있는 수많은 책들 중에 〈평범한 직장인이 어떻게 1년만에 2권의 책을 썼을까〉 제목이 눈에 띄어 독자로 만나 책까지 마무리하도록 안내해 준 젊은 애기 아빠 작가님이시다. 육아며, 강의며 작가로 바쁘게 활동하면서 고맙게도 나의 투정도 감내해 주셨다.

"이제 다왔어요. 잘하고 계십니다."

늘 느긋하게 희망과 용기로 이끌어 주셨기에 완주할 수 있었다. 되돌아보니 감사할 일 투성이다.

나에게 책쓰기보다 더 힘든 게 또 기다리고 있었다. 바로 출판사에 투고를 하는 작업이 그랬다. 기계치인 내게 작가가 되는 과정은 첩첩산중임에 틀림없었다. 꼬박 4시간을 투고 작업에 전념해 준 큰딸과 승훈이까지 고맙기 짝이 없다. 잘 키운 딸을 톡톡히 써먹은 기분이라 고맙고 자랑스럽고 뿌듯하기만 하다.

나의 인생책을 쓰면서 새롭게 겸허히 삶을 바라보는 힘이 생겼는지, 어떤 시련도 아픔도 그저 주어지는 게 없으며, 극복할 만큼만 고통을 준다는 말이 괜한 말이 아님도 알았다. 모두 지나간다는 말도 다 맞는 말이다. 이 모든 것을 한눈에 알아봐 주신 '답게' 장소임 대표님께 감사할 뿐이다. '답게'라는 출판사와의 인연은 마치 나를 나답게 살라는 질책처럼 여겨져서 초심을 잊지 말자고 다짐도 해본다.

내 나이 서른 한살에 두 딸만 남겨두고, 팔자 때움이라도 하는 듯 홀연히 우리 곁을 떠나버렸던 남자 때문에 괘씸하고 분하고 억울해서 이를 악물었던 젊은 날이 스치고 지나간다. 남편의 하늘이 전부였던 내 고운 청춘을 독수공방하게 했던 미운 남자, 그 남자를 버릴 수 없어서, 딸들에게 도움을 요청했던 나약한 여자였음이 못내 아프다.

"얘들아! 엄마는 돈을 벌고, 너희는 공부를 잘 해서 성공하는 거야. 그래서 우리 아빠한테 복수하자."

두 번의 침수를 겪을 때도 그랬고, 귀한 딸들과 냄새나는 지하방에서 전전긍긍 할 때도 그랬다. 복수가 우리에겐 큰 버팀목이었다. 전화위복이란 말은 나를 위해 나온 말일지도 모르겠다. 지금 내가 30대처럼 기운차게 젊어서 못한 일들을 60살이 다 되어서 경험하는 걸 보면 그렇지 않을까? 내게 주어졌던 그 어떤 삶도 버릴게 하나도 없다는 걸 이제는 안다. 삶 자체가 참 스승인 셈이다. 그 남자가 가족에게 울타리가 되고, 바람막이가 되어주는 걸 보면 인생은 끝까지 살아 볼 가치가 있다는 생각도 든다. 버려도 버려지지 않는 내 옆지기 남편! 그래도 그가 있어 가족이라는 명찰에 빛이 난다고 하니 고마운 일이다. 글을 마무리하면서 감사가 흘러 넘치는 기분이다.

더 나이 들기 전에, 시절인연을 인정할 수 있었던 용기에 감사하다.

더 나이 먹기 전에 내 마음이 내 몸을 만들어 가기에 나를 위한 사랑을 선택할 수 있어서 감사하다.

더 늦기 전에, 많은 시련과 아픔에는 쓰임이 있음을 알고, 딸들에게 남겨줄 이야기를 담아 내게 되어 감사하다.

늘 멈추지 않고 도전하게 했던 사랑하는 두 딸과 남편에게 무한 감사를 표한다.

좀 더 오래
좀 더 많이 사랑했다고 해서 손해날 게 없습니다.

여고시절 마르고 닳도록 외웠던 어느 시인의 시구절이 생각나는 4월의 마지막 날입니다.